Galitzin 1876 .. Decembre - 18

CATALOGUE

DES

LIVRES RARES

ET DE HAUTE CURIOSITÉ

COMPOSANT LA BIBLIOTHÈQUE

Du PRINCE A*** G***

DONT LA VENTE AURA LIEU

Les Lundi 18, *Mardi* 19 *et Mercredi* 20 *Décembre* 1876

HOTEL DES COMMISSAIRES-PRISEURS

RUE DROUOT, SALLE N° 4

A deux heures très-précises

Par le ministère de Me JUST ROGUET, commissaire-priseur,
Boulevard Sébastopol, n° 9.

PREMIÈRE PARTIE

PARIS
ANTONIN CHOSSONNERY, LIBRAIRE
DES BIBLIOTHÈQUES DE L'ARSENAL ET DE LA VILLE DE PARIS
47, QUAI DES GRANDS-AUGUSTINS, 47

1876

SOUS PRESSE

Pour paraître en Décembre 1876.

CATALOGUE

DES

LIVRES RARES

DE LA BIBLIOTHÈQUE

DU PRINCE A*** G***

Deuxième Partie.

Théologie. Jurisprudence. Sciences et Arts. Beaux-Arts, Journaux illustrés. Littérature française, Romans, Contes. Nombreux Ouvrages sur le Théâtre, les Femmes, l'Amour, le Mariage. Facéties. Dissertations singulières. Études et Polygraphes. Collections. Histoire de France. Mémoires. Chroniques parisiennes.

Troisième Partie.

Nombreux Ouvrages sur les PAYS ÉTRANGERS, et notamment sur la RUSSIE, la POLOGNE, l'ALLEMAGNE et l'ORIENT.

Se faire inscrire, pour recevoir ces Catalogues, à notre Librairie, 47, quai des Grands-Augustins, Paris.

Paris. — Imp. Gauthier-Villars, 55, quai des Grands-Augustins.

CONDITIONS DE LA VENTE

Les Acquéreurs payeront, selon l'usage, CINQ POUR CENT en sus des enchères, applicables aux frais de vente.

Les Livres sont garantis complets, sauf indication contraire Ils doivent être collationnés sur place et dans les vingt-quatre heures de l'adjudication.

M. A. CHOSSONNERY, Libraire-Expert, chargé de la vente, remplira les Commissions des personnes qui ne pourraient y assister.

Exposition avant la vente, de midi à une heure et demie.

(*Voir l'ordre des Vacations à la page 3 de la couverture.*)

CATALOGUE

DES

LIVRES RARES

ET DE HAUTE CURIOSITÉ

COMPOSANT LA BIBLIOTHÈQUE

Du PRINCE A*** G***

DONT LA VENTE AURA LIEU

Les Lundi 18, *Mardi* 19 *et Mercredi* 20 *Décembre* 1876

HOTEL DES COMMISSAIRES-PRISEURS

RUE DROUOT, SALLE No 4

A deux heures très-précises

Par le ministère de Me JUST ROGUET, commissaire-priseur,
Boulevard Sébastopol, n° 9.

PREMIÈRE PARTIE

PARIS
ANTONIN CHOSSONNERY, LIBRAIRE
DES BIBLIOTHÈQUES DE L'ARSENAL ET DE LA VILLE DE PARIS
47, QUAI DES GRANDS-AUGUSTINS, 47

1876

LES BIBLIOPHILES RUSSES

Nous sommes heureux de pouvoir, en tête du Catalogue de la bibliothèque du prince Alex. G***, rendre hommage au goût éclairé et délicat des bibliophiles russes. C'est, ce nous semble, un lien bibliographique qui existe entre eux et nous. L'amour des livres est une sorte de culte qu'on ne pratique pas, hélas! dans tous les pays civilisés, et nous aimons à le retrouver chez nos amis de Russie, aussi fervent, aussi dévoué, aussi sincère, qu'il peut l'être chez nos amis de France. Il y a longtemps déjà que les hommes supérieurs qui représentent la haute société russe tiennent à honneur d'avoir de beaux livres et d'en réunir de grandes collections. Or, dans ces collections, les livres français furent toujours en majorité.

La création des bibliothèques particulières en Russie n'est peut-être pas antérieure au règne de l'impératrice Catherine II; mais, dès cette époque, elles se multiplièrent partout, et elles ne firent que s'accroître depuis. On en trouvait une, plus ou moins nombreuse, plus ou

moins bien choisie, dans chaque maison nobiliaire, et l'on peut dire que ces bibliothèques étaient françaises, puisqu'elles avaient été, pour la plupart, formées en France. Après la mort de Voltaire, quel a été le sort de sa bibliothèque? Elle fut acquise par Catherine II et déposée dans le palais de l'Ermitage, à Saint-Pétersbourg. Plus tard, la bibliothèque de Diderot, achetée aussi par l'impératrice, qui lui en laissa la jouissance sa vie durant, devait aller rejoindre celle de Voltaire, et ces deux bibliothèques, encore intactes et respectées, sont là pour témoigner des analogies et des sympathies de l'esprit russe avec l'esprit français.

On ne sait point assez en France combien de bibliophiles, de vrais bibliophiles, se sont produits en Russie depuis le commencement du siècle. Ces bibliophiles étaient encore plus passionnés que nous ne le sommes, et généralement leur grande fortune n'avait rien à refuser à leur passion favorite. Le chancelier comte Roumiantzoff ne rassembla pas moins de 40,000 volumes, qu'il légua au Gouvernement, en destinant cette bibliothèque publique aux jeunes étudiants de Saint-Pétersbourg; la bibliothèque du comte Welliaminoff se composait de plus de 60,000 volumes; celle du comte Th. Tolstoï, de 35,000; celle du comte Ouvaroff, président de l'Académie impériale des sciences, n'en avait pas moins de 80,000, qui sont allés se ranger en bataille dans le château de Paretchié, près de Moscou. Tous les bibliographes ont cité avec de grands éloges la bibliothèque du comte Bourtourlin, dont il n'existe plus que le Catalogue, rédigé par Barbier et Pougens en 1805, cette collection d'incunables latins, italiens et français, ayant péri dans l'incendie de Moscou; mais le comte Bourtourlin refit, en Italie, une autre bibliothèque, plus importante, plus considérable que la première; il ne regrettait même que son exemplaire du *Speculum humanæ salvationis,* qu'il n'avait pu remplacer à aucun prix; il se préparait à transporter, de Florence à Moscou, cette admirable bibliothèque, qui ne contenait pas moins de trois mille manuscrits anciens, lorsqu'il mourut en mettant la dernière main à son Catalogue, et tous ces précieux incunables furent vendus à Paris en 1839.

Aujourd'hui, à Saint-Pétersbourg, à Moscou et dans les principales villes de l'empire russe, il n'y a pas un hôtel de grand seigneur où l'on ne soit sûr de trouver une bonne bibliothèque, quelquefois très-bien faite et très-intéressante. Dans tous les domaines ruraux des familles nobles, on est sûr de rencontrer aussi des bibliothèques qui s'augmentent de génération en génération, car la Russie est un des pays où on lit le plus, surtout dans les classes élevées ; les bons ouvrages qui paraissent en Europe arrivent aussitôt dans les salons russes et passent rapidement de main en main. Là, les hommes les plus occupés ont toujours des loisirs à donner à la lecture; les femmes du monde sont au courant de tout ce qui se publie simultanément, à Paris, à Londres, à Berlin et à Vienne, en fait d'ouvrages littéraires, historiques et même politiques.

Hélas! il n'en est pas ainsi en France, où l'on ne lit guère que des journaux, où presque personne n'achète des livres. On ne veut plus, chez nous, de grandes bibliothèques, que l'on regarde comme encombrantes et comme inutiles. Souvent, dans le plus splendide hôtel de Paris, on aurait de la peine à découvrir un bon livre honorablement relié. Par bonheur, nous avons encore des bibliothèques de travail et d'étude, chez quelques professeurs, chez quelques lettrés. En revanche, les cabinets de bibliophiles n'ont jamais été plus riches ni plus curieux. La mode y est bien.

Je me plais à le répéter, c'est toute autre chose en Russie : on ne s'y lasse pas de lire et d'acheter des livres. Je connais plusieurs dames russes, de l'esprit le plus distingué, qui résident dans leurs terres la plus grande partie de l'année : chacune d'elles possède, comme chose indispensable, une excellente bibliothèque, qui ne compte pas moins de six ou huit mille volumes, assez médiocrement reliés, il est vrai. Ce sont là des bibliothèques usuelles, et les livres qu'on y rassemble n'ont pas le temps d'amasser de la poussière, car on les feuillette souvent et on y revient sans cesse. Les collections de bibliophiles sont sans doute moins nombreuses en Russie qu'en France, mais elles offrent ordinairement un caractère tout spécial, qui varie de la manière la plus capricieuse et qui résulte des prédilections du propriétaire. Chacun s'attache à tel ou tel genre de livres qu'il préfère, et il s'efforce de réunir sur un sujet particulier l'ensemble de documents le plus étendu et le plus complet. Le savant Sobolewsky, de Moscou, qui a donné à Jacques-Charles Brunet les matériaux de l'article des *Grands et Petits Voyages* de Théodore de Bry dans le *Manuel du libraire,* avait consacré vingt ans de sa vie à former un exemplaire unique de ce livre célèbre, si rare, si difficile à compléter. Serge Poltoratzy, de Moscou, a dépensé des sommes folles à faire une collection voltairienne et une bibliothèque de journaux français. Le comte Ouvaroff a rassemblé, par les soins de son bibliothécaire, le savant bibliographe M. Ladrague, une collection extraordinaire de livres sur les sciences occultes, etc.

Un souvenir de mon séjour à Saint-Pétersbourg. J'avais accepté la gracieuse invitation de M. Douroff, chambellan de l'empereur. Ce n'était qu'un dîner, ce ne devait être qu'un dîner intime; mais ce fut un dîner si luxueux, que je ne me rappelle pas en avoir vu de pareil. En sortant de table, les convives se dispersèrent dans dix salons, magnifiquement ornés et meublés, et se mirent à fumer. « Vous ne fumez pas, me dit le maître de la maison ; venez voir mes livres. » Il me conduisit dans sa bibliothèque, éclairée *à giorno* par dix lampadaires de bronze : les livres, tous reliés uniformément en maroquin ou en cuir de Russie, étaient rangés dans des armoires d'acajou qui couvraient toutes les parois d'une galerie longue de vingt à trente mètres ; il y avait là plus de vingt-cinq mille volumes. « Je n'ai que des livres français, me dit-il avec une ingénieuse politesse, mais je puis me vanter de les avoir tous lus. Voici le catalogue, ajouta-t-il en me montrant deux gros registres que le bibliothécaire venait d'ouvrir devant moi. Rendez-moi le service de vérifier vous-même si tous vos ouvrages y sont. » Je l'avouerai, non sans orgueil, tous y étaient.

Mais je m'écarte de mon sujet, quoique je n'aie encore parlé que de livres. Je voulais, et par un sentiment de reconnaissance personnelle que j'ai fait remonter à son origine, je voulais, à propos de la bibliothèque du prince Alex. G., qui va se vendre à Paris et se disperser entre les mains des bibliophiles français, énumérer les superbes bibliothèques qui avaient été faites par différents princes de l'ancienne famille des Galitzin et dont une seule s'est conservée entière depuis la mort de son fondateur. C'est celle que le prince Michel Galitzin, ancien ambassadeur en Espagne, avait composée et qu'il a léguée à la ville de Moscou, laquelle n'avait pas encore de bibliothèque publique. Le Catalogue a été rédigé par MM. Ladrague et Sobolewsky; on y remarque un certain nombre d'ouvrages de la plus grande valeur. Un autre Catalogue de livres beaucoup plus précieux, de manuscrits extraordinaires et d'exemplaires imprimés sur peau de vélin, avait été rédigé à Paris par le libraire Chardin, et imprimé chez Leblanc, en 1811. D'après une note inscrite sur mon exemplaire, ce Catalogue, qui renferme une réunion incomparable de livres et de manuscrits, n'était qu'un extrait du Catalogue général de la bibliothèque d'un prince Galitzin. « Cette réunion, dit l'avertissement du libraire, a été formée par la même personne pendant plus de quarante années; elle n'a admis, dans ce choix, que des manuscrits originaux dans presque toutes les langues et des livres imprimés sur vélin, sur soie, écorces d'arbre et bois. » Ces beaux livres, ces précieux manuscrits furent envoyés alors à Paris, pour y être vendus. La vente eut lieu, en effet, et produisit une somme énorme, qui aurait été décuplée, sans doute, si cette vente s'était faite aujourd'hui. Nous ne savons si un autre choix de manuscrits et de livres du prince Galitzin, vendus à Paris en 1825, provenait de la même bibliothèque; mais le Catalogue, rédigé par le libraire Dufart, présentait ce choix très-remarquable de livres achetés en France dans les meilleures ventes publiques depuis trente ans.

Voici maintenant une nouvelle vente de livres, qui s'annonce sous les auspices d'un nom bien connu des bibliophiles; voici une nouvelle bibliothèque, non moins nombreuse, non moins intéressante que les précédentes, et qui a été également formée en France par un bibliophile russe, aussi intelligent, aussi passionné, aussi libéral que ses prédécesseurs. Cette bibliothèque, dont le Catalogue doit paraître en plusieurs parties et qui donnera lieu, par conséquent, à plusieurs ventes distinctes, offrira aux amateurs différentes séries de beaux livres, de livres rares, de livres curieux et surtout de bons livres. Mais ce qui frappe surtout notre attention dans l'examen du premier Catalogue qu'on veut bien mettre sous nos yeux, c'est que le bibliophile étranger, qui a consacré son séjour en France au plaisir de créer lui-même, selon ses instincts et ses propres inspirations, une bibliothèque essentiellement française, avait pressenti, il y a dix ans, il y a vingt ans, le goût prédominant de la bibliophilie actuelle. Il s'était épris, le premier peut-être, des livres à figures du dernier siècle; il avait su apprécier, avant la plupart d'entre nous, ces ouvrages charmants, où le crayon de Gravelot, de Boucher, de Cochin, d'Eisen et de Moreau a fourni tant de gracieux sujets au burin des habiles graveurs de l'école de Lebas et de Longueil. Il a donc recherché avec soin et collectionné avec ardeur toute une brillante catégorie de superbes volumes ornés d'estampes en taille-douce, qui ont été longtemps dédaignés et presque oubliés, mais qui reprennent à présent la place qu'ils méritent de conserver dans toutes les bibliothèques.

Ah! combien de ces délicieux livres ont été gâtés et

perdus sur les quais, où nous les avons vus exposés aux intempéries des saisons, brûlés par le soleil, mouillés par la pluie, pendant tant d'années ! Combien aussi ont été lacérés et détruits par des bourreaux qui en détachaient les gravures pour les vendre au détail ! Les amateurs, aveuglés ou fanatisés je ne sais par quelle chimère baroque, préféraient alors Desenne à Moreau, Devéria à Eisen, Chasselat lui-même, l'affreux Chasselat, à l'élégant, au spirituel Gravelot. L'admirable recueil des *Chansons* de La Borde, le chef-d'œuvre des ouvrages à vignettes, qui se vend aujourd'hui 1,800 à 2,000 francs, et qui se vendra, dit-on, encore davantage, valait en ce temps-là une soixantaine de francs, et seulement 150 francs, quand l'exemplaire avait une bonne reliure en maroquin. Je me souviens avoir acheté, en 1837, un de ces exemplaires pour en faire présent à une belle dame, qui l'a regardé à peine en le recevant, et cet exemplaire, qui ne m'avait coûté que quatre louis, en vaudrait au moins cent, s'il se trouvait dans la bibliothèque du prince Alex. G. Je ne veux pas dire qu'il y soit, mais je serais tenté de le reconnaître dans l'exemplaire que le prince n'a pas payé moins de 1,200 francs. Les livres ont leurs vicissitudes, comme les empires. Et Dorat ? Personne n'en voulait ; le fonds de l'édition se vendait chez les libraires au rabais, à raison de 15 francs l'exemplaire des vingt volumes brochés avec toutes les gravures et toutes les vignettes. Un bel exemplaire des *Fables* ou des *Baisers* eût été dévoré par le hâle et la poussière, dans la boîte d'un bouquiniste, avant de trouver un acquéreur !

Cet acquéreur existait pourtant ; c'était un bibliophile raffiné, ami des arts, comme le prince Alex. G. ; c'était moi, quelquefois ; c'était vous, je le souhaite, et enfin, après de longues hésitations, le goût, le bon goût nous a donné raison. Les livres à figures ou à vignettes des règnes de Louis XV et de Louis XVI sont désormais estimés à leur valeur, peut-être même au delà de leur valeur. On ne saurait trop réparer une injustice.

P.-L. Jacob, *bibliophile.*

La Bibliothèque dont nous mettons en vente la première partie se recommande aux amateurs par l'importance des ouvrages, leur belle conservation et la fraîcheur des reliures.

Cette Collection renferme des éditions originales de PASCAL, BOSSUET, SAINT FRANÇOIS DE SALES, de BALZAC, de SCARRON, de Mme DE SÉVIGNÉ, de Mme DE LAFAYETTE, CHAPELAIN, etc.

On y trouve aussi le rarissime *Catéchisme* de Luther, en édition originale, l'*Anacréon* de Henri Estienne, le *Théâtre* de Beaumarchais, tiré sur chine, le *Roman comique* de Scarron, de beaux exemplaires de nos ROMANTIQUES, le *Discours sur l'histoire universelle* de Bossuet, un *Ph. de Commines*, elzévir; une riche série de grands ouvrages sur les *Beaux-Arts*, la *Galerie de Dresde*, la suite d'estampes de la MARQUISE DE POMPADOUR, les œuvres de CARRACHE, de VAN DER MEULEN, de WOUWERMANS, de HUET, de VIVANT DENON, et celles de nos inimitables crayonnistes BELLANGER, CHARLET, RAFFET, GAVARNI, VERNET.

Nous signalons encore la série des *Entrées et Tournois*, puis la longue et brillante série des *Livres à figures*, parmi lesquels se trouvent les principales œuvres de Moreau, Marillier, Eisen, Bacquoy et autres. Cette dernière série renferme notamment : la *Bible de Mortier*, les *Cérémonies religieuses* de B. Picart, les *Métamorphoses d'Ovide*, éditions de l'abbé Banier et de Le Mire et Basan; le *Temple des Muses* de B. Picart, le *Molière* de 1734, illustré par Boucher, et aussi celui de 1773; l'*Horace* de Jean Pine, en premier tirage; le *Décaméron* de Boccace, les *Contes* de La Fontaine, édition des Fermiers-Généraux, le *Temple de Gnide*, les *Chansons* de Laborde, en très-bel exemplaire; les *Fables* de Dorat, un délicieux exemplaire des *Petits Conteurs*, les *Romans et Contes* de Voltaire; l'*Iconologie* de Gravelot, *Clarisse Harlowe*, en papier de Hollande et figures avant la lettre; les *Œuvres de Crébillon* (1785), avec figures et suites ajoutées; la *Constitution française* de 1792, sur peau de vélin; enfin, un bel exemplaire, en grand papier vélin, de l'édition de Kehl des *Œuvres complètes de Voltaire*.

Les livres illustrés du XIXe siècle y sont aussi représentés par d'importants ouvrages.

A. C.

CATALOGUE

DE LA

BIBLIOTHÈQUE DU PRINCE A. G***

PREMIÈRE PARTIE

OUVRAGES RARES ET DE HAUTE CURIOSITÉ

I. — THÉOLOGIE, SCIENCES ET ARTS

1. Traité de l'amour de Dieu, par saint François de Sales. *Lyon, P. Rigaud*, 1616, in-8, v. br.

Édition originale de cet ouvrage remarquable, qui est considéré comme le chef-d'œuvre de l'auteur.

2. Lettres écrites à un provincial par un de ses amis (et Lettres aux Révérends Pères Jésuites sur la morale et la politique de ces Pères) (par Blaise Pascal). *S. l. n. d.* (du 23 *janv.* 1656 au 23 *janv.* 1657), 17 lettres en 1 vol. in-4, dem.-chagr. bl.

Édition originale des *Provinciales*. Elle se compose de 18 lettres (la dernière manque) qui furent alors publiées séparément, à la façon des périodiques, mais clandestinement.

3. Politique tirée des propres paroles de l'Écriture sainte, par J.-B. Bossuet. *Paris, P. Cot*, 1709, in-4, portr. gr. par Edelinck, maroq. rou., fil., tr. dor. (*Hardy*.)

Édition originale. Bel exemplaire.

4. Traité de la comédie et des spectacles, selon la tradition de l'Eglise, tirée des conciles et des saints Pères, par Mgr le prince de Conty. *Paris, Promé*, 1667, in-8, v. br.

Edition originale, avec la date de 1667.

5. Maximes et Réflexions sur la comédie, par Mre Jacques-Bénigne Bossuet. *Paris, chez Jean Anisson*, 1694, in-12, maroq. rou., fil., tr. dor. (*Hardy.*)

Édition originale. Bel exemplaire.

6. LUTHER (M.). Deudsch Catechismus. *Wittenberg, G. Rhaw*, 1530, in-4, vél. blanc.

ÉDITION ORIGINALE. Bel exemplaire de ce RARISSIME ouvrage. Il est orné de 30 jolies gravures sur bois de l'école de Luc Cranach.

Il provient de la vente Tross (2e partie, n° 698), où il a été adjugé au prix de 299 fr.

7. Système de la nature, ou des Lois du monde physique et du monde moral, par M. Mirabaud (le baron d'Holbach, avec un avis de l'éditeur par Naigeon). *Londres* (*Amst.*), 1770, 2 vol. in-8, maroq. rou., fil., tr. dor. (*Derome.*)

Bel exemplaire en reliure ancienne de l'édition originale (370 et 412 pages) de 1770. L'*Erratum* indiqué par Quérard ne s'y trouve pas.

On lit sur la garde du premier volume, en écriture du temps : « Le « véritable auteur de ce fameux livre est M. de Merian, de l'Académie « de Berlin. »

---

8. Le Prince, par de Balzac. *Paris, Toussaint du Bray*, 1631, in-4, titre gravé, maroq. rou., fil., dos orné, tr. dor. (*Hardy.*)

Édition originale. Bel exemplaire en GRAND PAPIER. A la suite se trouvent deux lettres à Richelieu, qui manquent à beaucoup d'exemplaires.

9. Cosmos, essai d'une description physique du monde, par A. de Humbold, trad. par Faye et Galuski. *Paris, Guérin*, 1866-67, 4 vol. in-8 et atlas in-fol., dos et coins maroq. r., tr. sup. dor.

10. Instruction du roy en l'exercice de monter à cheval, par Antoine de Pluvinel. *Paris, M. Nivelle*, 1625, in-fol., fig. en taille-douce par Crispin de Pas, dem.-maroq. rouge.

Édition originale de ce curieux et célèbre ouvrage.

11. Traité sur la cavalerie, par le comte Drummond de Melfort, maréchal de camp ès armées du roi et inspecteur général des Troupes légères. *Paris, de l'impr. de Guill. Desprez*, 1776, 2 vol. gr. in-fol., l'un de texte, l'autre de figures, nombr. vign., dem.-maroq. rouge du Levant.

12. Exercices d'infanterie. 69 dessins à l'encre de Chine, pour l'édition allemande de de Gheyn. Montés sur in-fol., br.

2. — LITTÉRATURE

13. Anacreontis Teii Odæ, ab Henrico Stephano luce et latinitate nunc primum editæ. *Lutetiæ*, *Henr. Stephanus*, 1554, pet. in-4, peau de truie, ferm.

Première édition, aussi belle que rare. (Brunet.) — Dans le même volume : Aristophanis comœdiæ (græcæ). Basilæ, 1531.

14. P. Virgilii Maronis Bucolica, Georgica et Æenis ex Cod. Mediceo-Laurentiano descripta ab Antonio Ambrogi Florentino, S. J. *Romæ, excudebat J. Zempel prope Montem Jordanum Venantii Manaldini Bibliopolæ sumptibus*, 1763, 3 vol. in-fol., front. gr., têtes de page, vign., lettres ornées, dem.-r., n. r.

15. Horatii Opera. *J. Birmingham*, *typis J. Baskerville*, 1770, gr. in-4, maroq. rouge, fil., tr. dor. (*Rel. anc.*)

Avec deux figures, l'une d'après Greuze, l'autre avant la lettre. Belle édition, recherchée et devenue rare.

16. Œuvres d'Horace. Traduction nouvelle, par Jules Janin. *Paris*, *Hachette*, 1865, in-18, pap. vélin, dem.-maroq. rou., av. coins, tr. supér. dor., n. rog., dos orné. (*Allô.*)

Tiré à petit nombre (nº 66).

17. Histoire de Gil Blas de Santillane, par Lesage, précédée d'une notice par Sainte-Beuve. *Paris*, *Garnier*, 1864, 2 vol. gr. in-8, pap. de Holl., portr. sur chine, dem.-maroq. rou. du Levant, av. coins, tr. supér. dor., n. rog. (*Petit.*)

18. La Comédie sans titre, par M. Poisson (Boursault). *Paris*, *Th. Guillain*, 1685, in-12, maroq. vert, fil., dos orné, tr. dor. (*Hardy.*)

Cette comédie n'est autre que la pièce bien connue de Boursault, ayant pour titre réel *le Mercure galant*. Visé, qui publiait *le Mercure*, s'étant plaint à M. de La Reynie du ridicule que la pièce jetait sur son journal, Boursault prit le parti de la publier sous le nom de Poisson et de l'intituler par un à-propos de plus : *la Comédie sans titre*.

19. Théâtre complet de Beaumarchais. Réimpression des éditions *princeps*, avec les variantes des manuscrits originaux, publiées par G. d'Heylli et F. de Marescot. *Paris*, *Jouaust*, 1869-71, 4 vol. in-8, beau portr., maroq. rouge, fil., dent. intér., à petits fers, dos orné, tr. dor. (*Hardy.*)

Très-bel exemplaire, tiré sur chine, à 15 exemplaires.

20. Le Romant comique de M. Scarron. Première partie. *Paris, G. de Luynes*, 1655, front. gr. — Seconde partie. *Paris, G. de Luynes*, 1657. — Ensemble 2 vol. in-8, maroq. orange, fil., dos orné, tr. dor. (*Hardy.*)

Edition originale. Bel exemplaire.

21. Candide, ou l'Optimisme (par Voltaire). *S. l.*, 1759, in-12, maroq. citr., fil. (*Hardy.*)

Edition originale. Exemplaire relié sur brochure.

22. Lettres de Marie Rabutin-Chantal, marquise de Sévigné, à la comtesse de Grignan, sa fille. *S. l.*, 1726, 2 vol. in-12, v. f. (*Anc. rel. avec chiffres sur le dos.*)

Premier recueil des Lettres de Mme de Sévigné. C'est une des éditions publiées sous la date de 1726. Dans celle-ci, le tome Ier contient 381 pages, et le tome IIe en renferme 324.

3. — ROMANTIQUES

(Par ordre alphabétique.)

23. Balzac (H. de). Physiologie du mariage. *Paris, Levavasseur et Urbain Canel*, 1830, 2 vol. in-8, portrait ajouté, dem.-maroq. vert, av. coins, tr. supér. dor., n. rog. (*Allô.*)

Première édition.

24. Balzac (H. de). Scènes de la vie privée. *Paris*, 1838, in-8, cart., n. rog.

25. Balzac (H. de). La Peau de chagrin. *Paris, Delloye*, 1838, gr. in-8, illustrations de Janet Lange et Gavarni, dem. chagr. n., dos orn. (*Taches de rousseur.*)

26. Borel (Petrus). Rhapsodies. *Paris, Levavasseur*, 1832, in-12, vignettes de Napol, maroq. rou. du Levant, fil., dent. intér., tr. dor. (*Allô.*)

Exemplaire relié sur brochure et avec la couverture imprimée de cet ouvrage rarissime.

27. Borel (Petrus). Madame Putiphar. *Paris*, 1839, 2 vol. in-8, cart. (*Exempl. fatigué.*)

28. Gautier (Théophile). Les Jeunes France. Romans goguenards. *Paris, Renduel, s. d.*, in-8, cart., *non rogné.*

Romantique rare et recherché.

29. Gautier (Théophile). La Comédie de la mort. *Paris*, 1838, in-8, br.

Rare.

30. Gautier (Théophile). Histoire du romantisme. Emaux et Camées. Romans et Contes. *Paris, Charpentier*, 1874, 3 vol. in-12, br.

31. Houssaye (Arsène). Voyage à ma fenêtre. *Paris, s.d.*, gr. in-8, illustré, pap. vélin, dem.-maroq. Laval., av. coins, tr. supér. dor., n. rog. (*Brany*.)

32. Houssaye (Arsène). De Profundis, par Alfred Mousse (Ars. Houssaye). *Paris*, 1834, in-8, pap. vélin, br.

33. Hugo (Victor). Bonaparte, ode. *Paris, Pélicier*, 1822, in-8 de 8 pages, br., n. rog.

Edition originale, fort rare.

34. Hugo (Victor). Nouvelles Odes. *Paris, Ladvocat*, 1824, in-18, fig., br.

Edition originale.

35. Hugo (Victor). Odes et Ballades. *Paris, Ladvocat*, 1826, pet. in-12, br.

Deuxième édition.

36. Hugo (Victor). Cromwell, drame en cinq actes et en vers libres. *Paris, A. Dupont*, 1828, in-8, dem.-rel. v., n. rog.

Edition originale.

37. Hugo (Victor). Hernani, ou l'Honneur castillan, drame en cinq actes et en vers. *Paris, Mame et Delaunay-Vallée*, 1830, in-8, demi-rel. mar. rou., dos et coins, n. r.

Edition originale. Envoi d'auteur signé de ses initiales.

38. Hugo (Victor). Ruy-Blas, drame en vers. *Paris, s. d.*, gr. in-8, illustré de 12 dessins, par Foulquier et Riou, br.

39. Hugo (Victor). Les Burgraves, trilogie. *Paris, Michaud*, 1843, in-8, cart., n. r.

Edition originale.

40. Janin (Jules). Le Prince royal, avec un portrait en pied par Charlet. *Paris, Ernest Bourdin, s. d.*, in-12, br.

41. Janin (Jules). Les Catacombes. *Paris*, 1839, 6 tomes en 3 vol. in-12, dem.-bas. bl.

42. Monselet (Charles). Nouvelles à la main. *Paris*, 1840-41, 12 part. en 6 vol. in-18, dem.-v. rose.

43. MUSSET (Alfred DE). Un Spectacle dans un fauteuil (poésies). *Paris, Renduel*, 1833, in-8, br., *non rogné.*

Edition originale.

44. MUSSET (Alfred DE). La Confession d'un enfant du siècle. *Paris, Bonnaire*, 1836, 2 vol. in-8, br.

Edition originale.

45. MUSSET (Alfred DE). La Confession d'un enfant du siècle. *Paris, Bonnaire*, 1836, 2 vol. in-8, br. (*Exempl. fatigué.*)

46. NODIER (Charles). Histoire du roi de Bohême et de ses sept châteaux. *Paris, s. d.* (1830), in-8, nombr. vignettes. dem.-bas.

47. NODIER (Charles). Souvenirs de jeunesse, suivis de Mademoiselle de Marsan et de la Neuvaine de la Chandeleur. *Paris*, 1867, in-12, br.

48. STENDHAL. De l'Amour, par Henry Beyle (Stendhal). *Paris, Mongie*, 1822, 2 vol. in-12, br., *non rogné.*

Première édition.

49. VIGNY (Alfred DE). Cinq-Mars, ou Une Conjuration sous Louis XIII. *Paris, Urbain Canel*, 1826, 2 vol. in-8, dem.-rel.

Édition originale.

50. VIGNY (Alfred DE). Le More de Venise, Othello, tragédie traduite de Shakespeare en vers français. *Paris, Levavasseur et Urbain Canel*, 1830, in-8, cart., *non rogné.*

Edition originale.

51. VIGNY (Alfred DE). Le More de Venise, Othello, tragédie traduite de Shakespeare en vers français. *Paris, Levavasseur et Urbain Canel*, 1830, in-8, br.

Édition originale.

---

52. ARTHUR, roman. *Paris, Eug. Renduel*, 1837, in-8, d.-v. rose.

53. LE SAPHIR, morceaux inédits de littérature moderne. *Paris*, 1832, in-18, portr. sur chine, br.

Contient des morceaux de Balzac (*le Refus*), Roger de Beauvoir, J. Janin, Eugène Sue, etc.

54. L'ANTI-ROMANTIQUE, ou Examen de quelques ouvrages nouveaux, par le vicomte de S*** (Saint-Chamand). *Paris, Lenormand*, 1816, in-8, dem.-v. bl.

55. Du Classique et du Romantique. Recueil de discours pour et contre, lus à l'Académie royale des sciences, belles-lettres et arts de Rouen pendant l'année 1824, par Le Prévost. *Rouen*, 1826, in-8, dem.-mar. r., tr. sup. peigne, n. r.

56. Mélanges tirés d'une petite bibliothèque romantique, par Charles Asselineau. *Paris, Pincebourde*, 1866, in-8, pap. de Holl., frontisp. à l'eau-forte de Célestin Nanteuil, br., n. r.

Exemplaire en grand papier de Hollande. Tiré à 50 exemplaires sur ce papier. No 47.

4. — POLYGRAPHES.

57. Pamphlets, notices biographiques, etc., par Paul-Louis Courier. 17 brochures in-8. (*Éditions originales, rares.*)

Simple discours. — Procès à l'occasion de la souscription Chambord. — Lettres au rédacteur du *Censeur*. — Pamphlet des pamphlets. — Pétition pour des villageois que l'on empêche de danser.—Aux âmes dévotes de la paroisse de Verezt. — Etc.

58. Œuvres complètes de Buffon, annotées par M. Flourens. *Paris, Garnier, s. d.*, 12 vol. gr. in-8, portr., figures coloriées, dem.-chagr. v.

59. Œuvres de Clément Marot, annotées, revues sur les éditions originales, et précédées de la vie de Clément Marot, par Charles d'Héricault. *Paris, Garnier*, 1867, gr. in-8, pap. de Holl., portr. sur chine, dem.-maroq. bl., av. coins, tr. supér. dor., n. rog. (*Petit.*)

60. Œuvres complètes d'Evariste Parny. *Paris, Debray*, 1805-1808, 5 vol. in-12, dem.-mar. rou., tr. supér. dor., dos ornés, n. rog.

61. Œuvres complètes de P.-J. de Béranger. — Dernières Chansons. — Musique. — Ma Biographie. *Paris, Perrotin*. 1847, 5 vol. gr. in-8, dos et coins de maroq. rou., tr. dor.

62. Les Œuvres de M. François Rabelais. *Lyon, Jean Martin*, 1593, in-12, maroq. br., fil. à compart., tr. dor. (*Raccommod.*)

Belle reliure du temps, mais restaurée. Dans cette édition, les feuillets ne sont chiffrés que d'un seul côté.

63. Œuvres complettes (*sic*) de Crébillon fils. *Londres*, 1779, 7 vol. in-12, dem.-maroq. rou., av. coins, *non rognés*.

Bel exemplaire.

64. Œuvres de Rulhière et Œuvres posthumes. *Paris*, *Ménard*, 1819, 6 vol. in-8, portrait, pap. vélin, maroq. bl., fil., compart., dos orn., tr. dor. (*Simier*.)

Cette édition renferme en quatre volumes l'*Histoire de l'anarchie de Pologne*.

65. Collection des romans des Douze Pairs, publiée par M. Paulin Paris. *Paris*, *Techener*, 1832, 13 vol. pet. in-8, pap. de Holl., dem.-chagr. rou., tr. supér. dor., *non rognés*.

Li Romans de Berthe aux grans piés, — de Garin. — Parise, la duchesse. — La Chanson des Saxons. — Raoul de Cambray. — Raimbert de Paris. — La Mort de Garin. — La Chanson d'Antioche. — Le Roman de Saint-Greal.

5. — HISTOIRE DE FRANCE

66. Discours sur l'histoire universelle, par Jacques-Bénigne Bossuet. *Paris*, *Séb. Mabre-Cramoisy*, 1681, in-4, portr. par Edelinck, mar. rou., fil., dos orné, tr. dor. (*Hardy*.)

Edition originale, remarquable par son impression. Bel exemplaire réglé.

67. Discours sur l'histoire universelle, par Jacques-Bénigne Bossuet, publié par Tissot. *Paris*, *Curmer*, *s. d.*, 2 vol. gr. in-8, texte encad., figures, dem.-maroq. bl. av. coins, tr. supér. dor., n. rog., dos orn. (*Capé*.)

68. Dictionnaire historique des mœurs, usages et coutumes des Français, par de La Chesnaye des Bois. *Paris*, 1767, 3 vol. pet. in-8, maroq. rou., fil., tr. dor.

Jolie reliure ancienne. Exemplaire ayant appartenu à Racine de Monville, dont il porte le nom sur le plat des volumes.

69. Le premier (et tiers) volume de Froissart, des Chroniques de France, dangleterre, Descoce, despaigne, de bretaigne, de gascongne, de flandes et lieux circonvoisins. *Imprimé à Paris, pour Jehan Petit*, 1518, 2 vol. in-fol., gothique, à 2 colonnes, bas.

Bel exemplaire du 1er et du 3e volume.

70. Les Mémoires de messire Philippe de Commines, sieur

d'Argenton. Dernière édition. *A Leide, chez les Elzeviers*, 1648, petit in-12, en 2 vol., maroq. citron, fil., tr. dor.

Exemplaire de H. de Châteaugiron et de H. de Cessoles. (Hauteur, 128 mill.)

71. Description de l'isle des Hermaphrodites, nouvellement découverte, contenant les mœurs, les coutumes et les ordonnances des habitants de cette isle, comme aussi le discours de Jacophile à Linne, avec quelques autres pièces curieuses, pour servir de supplément au Journal de Henry III. (Par Arthus Thomas, sieur d'Embry.) *Cologne*, 1724, in-8, frontisp. gr., maroq. citron, fil., tr. dor. (*Brany.*)

On lit dans les Mémoires manuscrits de P. de L'Etoile :
« Avril 1605. — En ce temps, on fit un livre hardi, mais bien fait, « où, sous le nom de l'isle imaginaire des Hermaphrodites, on blâmait « tous les vices de la cour. Le roi se le fit lire, et ayant su le nom de « l'auteur, qui s'appelait Arthus Thomas, il ne voulut qu'on l'inquiétât, fesant conscience, disait-il, de fâcher un homme pour avoir dit la « vérité. »

72. Enterrement de très-excellent, de très-haut et très-illustre prince Claude de Lorraine, duc de Guyse et d'Aumale. Auquel sont déclarées toutes les ceremonies de la chambre d'honneur, du transport du corps, de l'assiette de l'Église, de l'ordre de l'offrande et grand deuil, avec les blasons de toutes pièces d'honneur, etc. *Paris, A. Taupinard*, 1620, in-8, 222 pages et 1 feuil. non chiffré, blasons gravés sur bois, parch.

Très-rare.

73. Mémoires de Jean-Frédéric-Paul de Gondy, cardinal de Retz, contenant ce qui s'est passé de remarquable en France, pendant les premières années du règne de Louis XIV. *Amsterdam, J.-Fréd. Bernard*, 1731, 4 vol. pet. in-8. — Mémoires de Gui Joly. *Amst., J.-Fréd. Bernard*, 1738, 2 vol. pet. in-8. — Mémoires de Mme la duchesse de Nemours. *Amst., Fréd. Bernard*, 1738, 1 vol. pet. in-8. — Ensemble 7 vol. pet. in-8, maroq. vert., dent., tr. dor.

Très-bel exemplaire, dans une reliure de la plus grande fraîcheur, de cette édition recherchée des bibliophiles.

74. Mémoires de messire Pierre de Bourdeille, seigneur de Brantôme. *Leyde, Sambix le jeune* (*Bruxelles, Foppens*), 1666, 9 vol. pet. in-12, maroq. rou. ancien, tr. dor. (*Court de marges. Cachet sur les titres.*)

75. Mémoires de la cour de France, pour les années 1688 et 1689, par Mme la comtesse de La Fayette. *Amst., Fr. Bernard, s. d.* (1731), in-12, frontisp. gr., bas.

Première édition de ces curieux Mémoires historiques. L'exemplaire est un peu mouillé, mais rempli de témoins.

76. Etats des troupes et des états-majors des places. Année 1761. In-12, maroq. v., fil., tr. dor. (*Anc. rel.*)

Manuscrit d'une très-jolie écriture du XVIIIe siècle, aux armes de Louis XV. Il est accompagné d'un autographe de deux pages de ce souverain et d'un joli dessin d'Eisen qui lui sert de titre.

77. PLEIN POUVOIR AU MARQUIS DE DURFORT, pour régler et signer les articles du mariage de Mgr le Dauphin avec la princesse Marie-Antoinette, archiduchesse d'Autriche, et pour assister à la célébration du mariage. Daté de Versailles, le 25e jour du mois de mars 1770. Signé : *Louis*, et contresigné : *Duc de Choiseul*. 3 pages in-fol. (*Avec le sceau royal*.)

Document original sur PEAU DE VÉLIN.

78. Vie de Marie-Antoinette-Josèphe-Jeanne de Lorraine, archiduchesse d'Autriche, reine de France et de Navarre (par Babié). *Paris*, 1802, 3 vol. in-12, portr., mar. v., dent.. tr. dor.

Au chiffre de M. A. de Beauchesne.

79. Marie-Antoinette et la Révolution française, par le comte Horace de Viel-Castel. Recherches historiques. *Paris*, *Techener*, 1859, in-12, mar. bl., dent., tr. dor. (*Belz-Niédrée*.)

80. Recueil de Mémoires pour servir à l'histoire du procès du Collier (1786-87). 23 pièces en 2 vol. in-4, v. m.

Ce recueil renferme une suite de 14 portraits du temps. Bel exemplaire.

81. La Chronique scandaleuse, ou Mémoires pour servir à l'histoire de la génération présente, contenant les anecdotes et les pièces fugitives les plus piquantes que l'histoire secrète des sociétés a offertes pendant ces dernières années (par Guil. Imbert, ex-bénédictin). *A Paris, dans un coin d'où l'on voit tout*, 1791, 5 vol. in-12, dem.-maroq. rou., avec coins, tr. dor.

Très-bel exemplaire de cet ouvrage, qu'il est assez difficile de rencontrer complet.

82. Liste des noms des ci-devant nobles, nobles de race, robins, financiers, intrigans, et de tous les aspirans à la noblesse ou escrocs d'icelle, avec des notes sur leurs familles. *Paris*, *an IIe*, 32 numéros en 2 part. in-8, mar. bleu, fil., dent., tr. dor.

Au chiffre de M. A. de Beauchesne, avec sonnet autographe.

83. Mémoires pour servir à l'histoire de la société polie en France, par Rœderer. *Paris*, *Didot*, 1835, in-8, dem.-rel.

mar. rou., avec coins, dos orné, tr. sup. dor., *n. rogné.* (*David.*)

Envoi d'auteur. Cet ouvrage, qui n'a pas été mis dans le commerce, n'a été tiré qu'à petit nombre pour être distribué en cadeaux.

84. TASCHEREAU. Revue rétrospective. *Paris*, 1833 à 1838, 20 vol. in-8, dos et coins maroq. Lavall., tr. sup. dor., *non rogné.*

Exemplaire de de Cayrol.

85. TASCHEREAU. Revue rétrospective, ou Archives secrètes du dernier gouvernement (1830-1848). *Paris*, 1848, 33 num. en un vol. gr. in-8, cart.

TRÈS-RARE. Exemplaire bien complet.

86. Mémoires contenant les véritables origines des familles de Paris les plus anciennes, tirés sur monumens publics, tels qu'épitaphes et fondations, provisions de charges et offices, titres de familles, et histoires imprimées et manuscrittes, avec leurs armes et blazons. — Mémoire contenant en abrégé la véritable origine de nosseigneurs les ducs en France. — Mémoire sur et contenant les généalogies en abrégé et véritables origines des messieurs du Parlement de Paris (par d'Hozier, 1706). — Mémoire contenant les vies, mœurs, inclinations, bonnes et mauvaises qualitez et habitudes de nosseigneurs du Parlement de Paris et maîtres des requêtes. — Mémoire contenant les noms et qualitez de messieurs les fermiers généraux des fermes unies de France, leur origine et les armes qu'ils portent. 1750. — Mémoire contenant les véritables origines des meilleures familles de Paris, tant dans la robe que dans les finances, avec leurs armes et blazons, tiré de plusieurs mémoires généalogiques, titres de familles imprimés et manuscrits, et monuments publics et particuliers. 2 vol. in-fol., v. f., tr. dor.

Manuscrits sur papier ornés de nombreux blasons enluminés. Fort curieux documents pour l'histoire nobiliaire de la France. Ils renferment d'importantes révélations sur les origines parfois scandaleuses de plusieurs grandes familles. L'un de ces manuscrits, notamment, fait pour l'usage particulier de Mme de Maintenon et de Louis XIV, abonde en détails piquants.

87. Plan de Paris commencé sous les ordres de Turgot et achevé en 1739 (par Louis Bretez). *Paris*, 1740, 21 feuillets in-fol., v. m., fil., tr. dor. (*Aux armes de la Ville de Paris.*)

Ouvrages sur les Beaux-Arts.

1. — ARCHITECTURE FRANÇAISE ET ÉTRANGÈRE

88. Musée de sculpture antique et moderne, par Clarac. *Paris, Imprim. roy. et impér.*, 1841-53, 6 vol. gr. in-8 de texte et 6 vol. d'atlas de 1136 pl., dem.-maroq. rou., avec coins, tr. sup. dor., n. rog.

89. Album de Villard de Honnecourt, architecte du XIIIe siècle. Manuscrit publié en fac-simile et suivi d'un glossaire par J.-B.-A. Lassus, et mis au jour par Alfred Darcel. *Paris, Imprim. impér.*, 1868, in-4, pl. (72), dem.-maroq. du Lev. rou., avec coins, tr. sup. dor., dos orné, non rog.

    Bel exemplaire, en grand papier de Hollande, de ce curieux ouvrage. — Villard de Honnecourt était originaire de la Picardie.

90. Monographie du palais de Fontainebleau, dessiné par Pfnor, et accompagné d'un texte explicatif par Champollion-Figeac. *Paris*, 1863, 2 vol. gr. in-fol. de 145 planches dont 5 en chromolith., dos et coins dem.-maroq. r. du Levant, tr. sup. dor., n. rognés.

    Première édition, grand blanc. Tiré à 20 exemplaires. (Epuisé.)

91. Monographie du château d'Anet, construit par Philibert de L'Orme en 1548, dessiné et gravé par Rod. Pfnor. *Paris*, 1867, gr. in-fol., planches, dem.-chagr. rouge, tr. sup. dor., n. rogné.

92. Monographie de Chevreuse. Etude archéologique par Claude Sauvageot. *Paris*, 1874, gr. in-4, gr. sur bois (23) et planches (26), dem.-chag. r., tr. sup. dor., n. rogné.

93. Le Château de Blois (extérieur et intérieur), texte historique et descriptif, par E. Le Nail. *Paris*, 1875, gr. in-4, planches photog. et chromolith., or et couleurs, dem.-ch. r., tr. sup. dor., dos orné, n. rog.

    Bel exemplaire.

94. Edifices de Rome moderne, ou recueil de palais, maisons, églises, couvents, etc., de la ville de Rome, par Letarouilly. *Paris*, 1866, 1 vol. in-4 de texte et 3 vol. gr. in-fol. de 355 planches, dem.-chagr. r., tr. sup. dor.

95. Antiquités d'Herculanum, dessinées par F. et P. Piranesi, gravées par Th. Piroli. *Paris*, 1804-1806, 6 vol. in-4, nombr. pl., v. rac., fil., tr. dor.

Peintures, bronzes, lampes et candélabres.

96. Herculanum et Pompéi. Recueil général de peintures, bronzes, mosaïques, etc., publié par L. Barre et Roux aîné. *Paris, Didot*, 1862-63, 8 vol. gr. in-8, cart., n. rog.

Cet ouvrage est illustré de plus de 700 planches gravées sur acier. Le 8e volume est consacré au *Musée secret.*

97. L'Architecture byzantine. Recueil de monuments des premiers temps du christianisme en Orient, par Ch. Texier et R. Popplevel-Pullan. *Londres*, 1864, in-fol., cart. en toile, ornem. sur les plats.

Cet ouvrage comprend 200 p. de texte, illustrées de 14 bois gravés et de 70 planches, dont 12 en couleur.

2. — ORNEMENTATION, AMEUBLEMENT, COSTUMES.

98. Dictionnaire raisonné du mobilier français, de l'époque carlovingienne à la Renaissance, par Viollet-le-Duc. *Paris*, 1865-75, 6 vol. in-8, dem.-maroq. rou., av. coins, tr. supér. dor., n. rog.

99. Ornementation usuelle de toutes les époques dans les arts industriels et en architecture, par Rodolphe Pfnor. *Paris*, 1866-67, gr. in-4, nombr. pl., dem.-maroq. v., n. rog.

100. De la Distribution des maisons de plaisance et de la Décoration des édifices en général, par Blondel. *Paris, Jombert*, 1737-38, 2 vol. in-4, fig., v. éc.

101. Recueil des figures, groupes, thermes, fontaines, vases et autres ornemens tels qu'ils se voyent à présent dans le château et parc de Versailles, par Simon Thomassin. *Paris*, 1694, in-8, figures (217), v. br.

102. Histoire de l'ornement russe, du xe au xvie siècle, d'après les manuscrits, par de Boutowski. *Paris, Morel*, 1870, 2 vol. in-fol. de 200 planches en couleurs, dem.-chagr. r., tr. sup. dor.

103. Décorations intérieures et Meubles des époques de Louis XIII et Louis XIV, par Louis Adam. *Paris,* 1865, in-fol., 100 planches gravées sur cuivre, dem.-chagr. r., tr. sup. dor., n. rog.

104. Décorations intérieures, style Louis XIV, composées par Jean Bérain. *Paris, s. d.*, in-fol., 30 planches sur chine, cart.

105. Architecture, Décoration et Ameublement, époque Louis XVI, dessiné et gravé, avec texte descriptif, par Pfnor. *Paris,* 1865, in-fol. de 50 planches, dem.-chagr. r., tr. supér. dor., n. r.

106. Tapisseries du roy, où sont representez les quatre elemens, avec les devises qui les accompagnent et leur explication. *Amsterdam, by P. Vanden Berge, s. d.*, in-4, nombreuses et grandes planches, vign., v. br.

Textes français et hollandais.

107. Habiti antichi di tutto il mondo. Di nuovo accresciuti di molte figure, per Cesare Vecellio. *In Venetia, Bern. Sessa,* 1598, in-8, fig., v. rou. (*Quelques taches.*)

Bel exemplaire de ce curieux ouvrage, qui renferme 500 figures sur bois. Cette édition contient les costumes américains.

108. Costumes anciens et modernes, par César Vecellio. *Paris, Didot,* 1859, 2 vol. gr. in-8, fig. (513), dem.-maroq. rou. du Lev., av. coins, tr. supér. dor., dos ornés, n. rog.

109. Recherches sur les costumes et sur les théâtres de toutes les nations, tant anciennes que modernes (par Le Vacher de Charnois, avec 55 estampes au lavis, dont 44 en couleur, dessinées par Chéry et gravées par Alix). *Paris,* 1802, 2 vol. in-4, br.

110. Costumes français, depuis Clovis jusqu'à nos jours, extraits des monumens les plus authentiques de sculpture et de peinture, avec un texte historique et descriptif. Enrichi de notes sur l'origine des modes, les mœurs et usages des Français aux diverses époques de la monarchie. *Paris, Massard,* 1834, 4 vol. in-8, nombr. figures en couleur, dem.-rel., tr. peigne.

Curieux ouvrage orné de 640 planches coloriées.

111. Iconographie générale et méthodique du costume du IVe au XIXe siècle (316-1875). Collection gravée à l'eau-forte d'après les documents authentiques et inédits, par Raphaël Jacquemin. *Paris, l'auteur, s. d.*, 200 planches coloriées, dem.-maroq. rou., tr. supér. dor., n. rog.

112. Modes et Costumes historiques, dessinés et gravés par Pauquet frères. *Paris, s.d.*, 48 liv. in-4 de figures coloriées.

113. Costumes militaires. Cavalerie. Epoques Louis XV, Louis XVI et la Révolution. *Paris*, *Lemercier*, *s. d.*, 5 pl. in-4, coloriées.

114. Le Moyen-Age et la Renaissance, publié par Paul Lacroix et Ferdinand Seré. *Paris*, 1848-51, 5 vol. in-4, fig. noires et chromolith., dem.-maroq. rou., av. coins, tr. supér. dor., n. rog.

115. Vie militaire et religieuse au moyen âge et à l'époque de la Renaissance, par Paul Lacroix. Ouvrage illustré de 14 chromolith. par F. Kellerhoven, Régamey et L. Allard, et de 409 figures sur bois, gravées par Huyot père et fils. *Paris*, *Didot*, 1873, in-4, rel. toile chagr. n., orn. sur les plats.

116. Les Arts au moyen âge et à l'époque de la Renaissance, par Paul Lacroix. Ouvrage illustré de 17 planches chromolith. exécutées par F. Kellerhoven et de 400 gravures sur bois. *Paris*, *Didot*, 1869, in-4, rel. toile, ornem. dor. sur les plats.

117. Mœurs, Usages et Costumes au moyen âge et à l'époque de la Renaissance, par Paul Lacroix. Ouvrage illustré de 15 planches chromolith. par Kellerhoven et de 440 gravures. *Paris*, *Didot*, 1871, in-4, rel. toile, orn. dor. sur les plats.

118. Le XVIIIe Siècle (1700-1789). Institutions, usages et costumes, par Paul Lacroix. Ouvrage illustré de 21 chromolith. et de 350 gravures sur bois tirées sur pap. de Chine. *Paris*, *Didot*, 1875, in-4, dem.-maroq. rou., av. coins, tr. supér. dor., n. rog.

Exemplaire en grand papier. Epreuves sur chine, avec la légende tirée à part.

3. — GALERIES, COLLECTIONS

119. Musée de peinture et de sculpture, ou recueil des principaux tableaux, statues et bas-reliefs des collections publiques et particulières de l'Europe, dessiné et gravé à l'eau-forte par Reveil, avec des notices descriptives, cri-

tiques et historiques, par Louis et René Ménard. *Paris*, 1872, 10 vol. in-12, dem.-chagr. rou., tête dor., n. rog.

120. Cours historique et élémentaire de peinture, ou galerie complète du Musée Napoléon, publié par Filhol et rédigé par J. Lavallée. *Paris*, *Filhol*, 1804-1815, 10 vol. en 24 parties gr. in-8, papier vélin, 720 planches, maroq. rouge, fil., tr. dor. (*Fortes mouill. à un vol.*)

Bel exemplaire. — Texte, 14 volumes; planches, 10 volumes.

121. La Gallerie du palais du Luxembourg, peinte par Rubens, dessinée par les sieurs Nattier, et gravée par les plus illustres graveurs de ce temps. Dédiée au roy. *Paris*, 1710, in-fol. max., cart.

Splendide publication, composée de 27 planches, y compris deux frontispices, l'explication gravée et trois portraits.

Les gravures sont belles d'épreuves et anciennes.

122. Galeries historiques du palais de Versailles. Album de 100 gravures d'après Ary Scheffer, David, Horace Vernet et autres. *Paris*, *s. d.*, in-fol., cart.

123. GALERIE DE DRESDE. Recueil d'estampes d'après les célèbres tableaux de la Galerie royale de Dresde, avec une description en italien et en français. *Dresde*, 1753-57, 2 vol. in-fol. max., ornés de 10 gravures, dem.-maroq. r. (*Gruel.*)

TRÈS-BELLES ÉPREUVES. Le premier volume contient le portrait, FORT RARE, d'Auguste III, roi de Pologne et électeur de Saxe, gravé par Balechou, d'après Hyac. Rigaud, et le second celui de la reine Marie-Josèphe, gravé par Daule.

124. La Galerie électorale de Dusseldorff, ou catalogue raisonné et figuré de ses tableaux. *Basle*, 1778, 2 vol. gr. in-4 obl., planches, cart., n. rog.

Recueil de gravures, rare et recherché.

124 *bis*. Catalogue d'une belle collection de dessins italiens, flamands, hollandais et français, rassemblée avec soins et dépenses, par Neymann. *Paris*, *Basan et Prault*, 1776, frontisp. gr. et 20 eaux-fortes, par Weibrood, Berthaux et autres, vél.

125. Les Collections célèbres d'œuvres d'art, dessins et gravures d'après les originaux, par E. Lièvre; textes historiques et descriptifs, par MM. de Saulcy, Clément de Ris, du Sommerard, Barbet de Jouy, Alf. Darcel, Ed. Fournier, etc. *Paris*, *Goupil*, 1866, 2 vol. gr. in-fol., dem.-maroq. du Levant, avec coins, tr. sup. dor., n. rognés.

EDITION DE LUXE, sur grand papier de Hollande, très-rare.

126. Les Emaux de Petitot du Musée impérial du Louvre. Portraits de personnages historiques et de femmes célèbres du siècle de Louis XIV, gravés au burin par M. L. Ceroni. *Paris*, *Blaisot*, 1862, 2 vol. in-4, figures sur chine, maroq. bl. jansén., tr. dor. (*Petit.*)

127. Collection Basilewsky. Catalogue raisonné, précédé d'un essai sur les arts industriels du Ier au XVIe siècle, par Darcel et Basilewsky. *Paris*, *Morel*, 1874, gr. in-4, fig. color., br.

128. Suite d'estampes, gravées par Mme la marquise de Pompadour, d'après les pierres gravées de Guay, graveur du roy. (*Paris*, 1782), in-4, titr. gr. (de Boucher) et figures (66), v. porphyre, fil., tr. j.

Exemplaire, en belles épreuves, de cet important recueil, devenu rare. Trois fort jolies gravures, également gravées par Mme de Pompadour, ont été ajoutées à la fin. A ce volume se trouvent aussi annexées 16 pages manuscrites du temps, donnant l'explication très-détaillée de chaque estampe, et qui nous paraissent avoir une réelle valeur artistique.

4. — ŒUVRES D'ARTISTES

129. CARRACHE (Annibal). Son œuvre. Recueil factice composé d'environ 200 pièces, montées en 2 vol. in-fol., parch.

Magnifique collection qu'il serait difficile de refaire aujourd'hui. Plusieurs des pièces qu'elle renferme sont fort rares.

130. L'ouvrage de Salvator Rosa, divisez en cinq parties. *Amst.*, *P. de Witt*, *s. d.*, in-4, titr. gr. et fig. (60), cart., non rogné.

Belles épreuves.

131. Meulen (Van der). Son œuvre. Recueil factice d'estampes. Gr. in-fol., dem.-chagr. n.

Précieux recueil renfermant beaucoup de pièces importantes.

132. Œuvres de Philippe Wouvermans, Hollandais, gravées d'après les plus beaux cabinets de Paris et ailleurs. Dédiées à S. A. S. Monseigneur, comte de Clermont, prince du sang, par son très-humble serviteur I. Moyreau, graveur du roy, 1737. *Paris, chez Moyreau,* in-fol. oblong, v.

Belles épreuves de cet important recueil, qui se compose de 87 gravures (1 à 89, moins les planches 25 et 80). Les marges ont été enlevées à plusieurs d'entre elles.

133. VAN OSTADE. Sa vie et son œuvre. Vingt eaux-fortes, par Van Ostade, Charles Jacques et Subercase. *Paris, Maury, s. d.*, in-4. (*En feuilles.*)

134. EMBLÈMES de l'amour divin, inventées par Otto Venus (*sic*), avec l'explication de chacune. *Paris, Le Blond* (vers 1630), pet. in-4, frontisp. gr. et 75 planches, v. br.

135. HOUSSAYE (Arsène). Merveilles de l'art flamand. *Paris, s. d.*, in-folio, fig. (10), br.

136. LIBER veritatis; or a collection of prints, after the original designs of Claude le Lorrain; in the collection of his grave the duke of Devonshire. Executed by Richard Earlom. *London, published by Messrs. Boydell and Co. Chapside, s. d.* (1779), 2 vol. in-fol., portr. et planches (200), dem.-maroq. r.

137. L'ŒUVRE DE BOUCHER, reproduit d'après la gravure des originaux, par Emile Wattier. *Paris, s. d.*, in-fol., pl. (64), dem.-chag. r., tr. sup. dor.

138. BOUCHER. Sujets divers. 15 feuilles in-4.

139. ŒUVRES COMPLÈTES de J.-B. HUET, peintre de l'école française. *Paris, chez l'auteur, s. d.*, gr. in-fol., titre, frontisp. et 36 planches gravées à l'eau-forte par l'auteur, dem.-rel.

140. L'ŒUVRE originale de Vivant Denon, ancien directeur général des musées. Collection de 317 eaux-fortes, dessinées et gravées par ce célèbre artiste, avec une notice très-détaillée sur sa vie intime, ses relations et son œuvre, par Albert de La Fizelière. *Paris, Barraud* (*Typ. Lahure*), 1873, 2 vol. gr. in-4, beau portr. dess. et gr. par Guérin, dos et coins maroq. v., tr. sup. dor., non rognés.

Très-bel exemplaire sur papier colombier.

141. BELLANGÉ (Hippolyte). Souvenirs militaires de la République, du Consulat et de l'Empire. *Paris, s. d.*, 39 pl. in-fol. et in-4, dans un carton.

142. BELLANGÉ (Hippolyte). Uniformes de l'armée française, depuis 1815 jusqu'à ce jour. *Paris, s. d.*, 102 planches coloriées en un vol. in-fol., br.

143. BELLANGÉ (Hippolyte). Ecole du soldat. Recueil de costumes militaires. *Paris, s. d.*, 18 sujets pet. in-4, br. (*Dans un carton in-fol.*)

Cette collection de 18 pièces est rare à trouver complète.

144. CHARLET. La Garde impériale. 30 sujets gr. in-4, br. (*Dans un carton in-fol.*)

145. CHARLET. Œuvres diverses. *Paris*, 1827-38, ensemble 25 livraisons dans un carton in-fol.

Fantaisies. — Vie du caporal Valentin. — Album lithographique. — Croquis et pochades à l'encre. — Alphabet moral et philosophique. — Souvenirs de l'armée du Nord. — Sujets divers.

146. CHARLET. Suite de dessins à la plume. *Paris*, 1839, gr. in-folio, dem.-v. f.

147. GAVARNI. Œuvres choisies. Edition spéciale, publiée par le *Figaro* pour ses abonnés, suivie de l'Œuvre complète publiée dans le Diable à Paris, sous ce titre : les Gens de Paris. 520 dessins avec leurs légendes. *Paris*, *Hetzel*, 1857, gr. in-fol., dem.-chagr. rou.

148. RAFFET. Le Siége d'Anvers. *Paris*, *s.d.*, gr. in-fol., dem.-charg. rou., av. coins, n. rog.

149. RAFFET. Retraite de Constantine. Six sujets. *Paris*, *s. d.* — Prise de Constantine. Douze sujets. *Paris, s. d.* — Ensemble 2 albums en un vol. gr. in-folio, dem.-ch. r., avec coins.

150. RAFFET. Album lithographique. *Paris*, années 1830 à 1837, 8 part. en 1 vol. in-4 obl., 96 pl., dem.-chagr. rou., av. coins.

151. RAFFET. Souvenirs d'Italie. Expédition de Rome. 1849. *Paris*, *Gihaut* (1850), grand in-folio, dos et coins de chagr. r.

152. RAFFET. 26 planches inédites. Costumes militaires français et étrangers. Portraits et sujets divers. *Paris*, 1860, gr. in-folio, dos et coins chagr. r.

Tiré à 100 exemplaires.

153. VERNET (Carle). Campagne des Français sous le Consulat et l'Empire. Album de 52 batailles et cent portraits des maréchaux, généraux et personnages les plus illustres de l'époque, et le portrait de Napoléon Ier. Collection de 60 planches, dite Carle Vernet. *Paris*, *s. d.*, gr. in-fol., dos et coins de chagr. rou.

154. VERNET (Horace). Environ 150 compositions in-fol. et in-4, dans un carton.

5. — EAUX-FORTES, GRAVURES, CARICATURES

155. Les Peintres de la beauté. Album composé de 50 planches, gravées sur acier d'après les tableaux du Titien, de P. Véronèse, Tintoret, Corrége, Guide, Rubens et des maîtres les plus célèbres. *Paris*, 1872, in-fol., dem.-chagr. rou., plats toile, ornés, tr. dor.

156. Les Jolies Femmes de Paris, par Ch. Diguet. Vingt eaux-fortes par Martial, ornements par Morin. *Paris*, 1870, in-4, fig., br.

Exemplaire tiré sur grand papier in-4° raisin. (N° 30.)

157. Les Femmes de Balzac, types, caractères et portraits, précédés d'une notice par Paul Lacroix, et illustrés de quatorze magnifiques portraits grav. d'après les dessins de G. Staal. *Paris, s. d.*, gr. in-8, portr. (14), pap. vergé, cart. percal. or., n. rog. (*Pierson.*)

158. Galerie des femmes de Walter-Scott. *Paris*, 1832, gr. in-8, pap. vélin, 42 portraits grav. sur acier, dem.-maroq. rou., av. coins.

159. Les Femmes de Gœthe, dessins de W. de Kaulbach, avec un texte par Paul de Saint-Victor. *Paris*, 1870, in-fol., fig., rel. toile rou., orn. dor. sur les plats.

160. Les Dieux et Demi-Dieux de la peinture, par MM. Théoph. Gautier, Ars. Houssaye et P. de Saint-Victor, illustré par Calamatta. *Paris, s. d.*, in-4, dem.-chag. rouge, avec coins, tr. sup. dor., dos orné, non rogné.

161. Horace. Traduction en vers, par le comte Siméon. *Paris, Jouaust*, 1873, 3 vol. in-8, nombr. eaux-fortes de Chauvet, pap. vergé, br.

Tiré à 500 exemplaires.

162. Les Charmeuses, par André Lemoyne. Eaux-fortes de L.-G. de Bellée, Feyen-Perrin et Edouard Leconte. *Paris, s. d.*, gr. in-8, pap. vergé, 18 eaux-fortes, dem.-chagr. rou., tr. sup. dor., n. rog.

163. Daphnis et Chloé. Six eaux-fortes d'après les dessins de Prud'hon, gravées par Boilvin. *Paris, Alph. Lemerre*, 1875, in-8. (*Dans un carton.*)

164. Les Cent et un Sonnets, par Arsène Houssaye. Gravures et eaux-fortes. *Paris, Maury, s. d.*, in-4, pap. teinté, portr., fig., br., n. r.

Tiré à 500 exemplaires. Un des 20 exemplaires sur papier teinté.

165. Sonnets et Eaux-Fortes. *Paris, Lemerre*, 1869, in-fol., figures, br.

166. Siége de Paris de 1870. Cinq eaux-fortes de Bracquemond. *Paris, Rouquette*, 1874, in-4, en carton.

167. Six eaux-fortes, portraits et frontispices (cinq sur pap. de Chine, un sur pap. de Hollande) gravés par Rops, E. Thérond, Steil, Bracquemond et Ulm.

Ch. Baudelaire. — Balzac. — Th. de Banville. — Pétrus Borel et autres.

168. Til Ulespiègle. Suite de quinze eaux-fortes par Delgrave et Rops. In-fol.

169. Sept dessins de gens de lettres, fac-similés par Aglaus Bouvenne. *Paris*, 1874, in-fol., pl., en carton.

170. Suite de dix-huit gravures de V. Foulquier, tirées sur chine, pour les Caractères de La Bruyère.

Epreuves avant la lettre.

171. Recueil de vingt-huit gravures de Nic. Chasteau Ghezzius, Baron, Grisoni, Franceshini. In-8, br.

172. Les Vierges de Raphaël. *Paris, Furne, s. d.*, gr. in-fol., douze planches tirées sur chine, dans un carton.

173. La Cène de Léonard de Vinci. Planche gravée par Smyth. *Paris, Plon*, gr. in-folio.

Epreuve sur Chine.

174. Henri IV (1553-1610), par M. de Lescure. Dix gravures sur acier d'après les maîtres, par Léopold Flameng, fleurons et culs-de-lampe. *Paris, P. Ducrocq*, 1874, in-4, dos et coins de maroq. bleu, dos orné, tr. sup. dor., n. rogné.

175. Suite de soixante et onze dessins originaux modernes (au lavis et coloriés) relatifs à l'histoire de France et à l'histoire étrangère. Format gr. in-8.

Evénements de la Révolution. — Noyades de Nantes. — Couronnement de Charles VII à Reims. — Robespierre conduit au supplice. — Mort de Gustave-Adolphe. — Le grand Frédéric passant une revue. — Les jésuites chassés de Venise. — Christine de Suède abjurant le protestantisme. — Elisabeth signant l'arrêt de mort de Marie Stuart. — Découverte de l'Amérique par Colomb. — Etc.

176. Œdipe et Angélique, par Ingres. Compositions lithographiées par Sudre. *Paris, Goupil*, 1853, 2 pl. in-fol.

Epreuves sur chine.

177. Bataille de Solférino, gravée par Maurand d'après le tableau d'Yvon. *Paris, Dusacq, s. d.*, pl. gr. in-fol.

Très-belle d'épreuve.

178. Un jeune homme lisant près d'une fenêtre, par Meissonnier. Belle gravure in-fol.

Epreuve sur chine.

179. Quatre lithographies exécutées par Laurens d'après les tableaux exposés par Diaz au Salon de 1850. *Paris, Goupil*, 4 pl. in-fol. sur chine.

Les Présents de l'Amour. — Le Génie et les Grâces. — La Fée aux joujoux. — Vénus pleurant l'amour mort.

180. Bonheur (Rosa). Race normande (espèce bovine). Lithographie par J. Didier. *Paris, Sartorius, s. d.*, planche gr. in-fol.

Epreuve sur chine.

181. Jeune Fille et jeune Mère, par Plassan, gravées par Eugène Gervais. *Paris, Lemercier, s. d.*, 2 pl. in-fol.

Epreuves sur chine.

182. Fastes de la nation française, par Ternisien d'Haudricourt. *Paris, s. d.*, 3 vol. gr. in-4, pap. vélin, pl., dem.-chagr. rou. (*Nombr. raccomm.*)

183. Tableaux historiques de la Révolution française (par l'abbé Fauchet, Chamfort, Ginguené et Pagès). In-folio, 58 planches, dem.-v. viol., tr. p.

Tome I, comprenant les 58 premiers tableaux.

184. Figures de l'Histoire de France, dessinées par Moreau le jeune, et gravées sous sa direction. Avec le texte explicatif rédigé par l'abbé Garnier. *Paris, Renouard, s. d.*, in-4, planches (164), n. rog.

185. Vie parisienne: Soixante photographies in-18, en 6 cartons in-fol.

Profils de grisettes et d'étudiants.

186. Principes de caricature, suivis d'un Essai sur la peinture comique, par F. Grose. *Leipzig, s. d.*, in-4, 29 pl., cart.

187. The Works of Villiam Hogarth. *London, Brain, s. d.*, 2 vol. in-4, nombr. gravures et caricatures, carton. en percal. bl., orn. dor. sur les plats, tr. dor.

188. Callot. Les Gueux et autres sujets. 5 feuilles in-folio.

189. Caricatures coloriées, par Boilly. *Paris*, 1824-25, 78 planches en un vol. in-fol., br.

Rare et recherché.

190. Les Cent et un Robert-Macaire, composés et dessinés par M. H. Daumier, texte par Maurice Alhoy et Louis Huart. *Paris*, 1839, 2 vol. in-4, fig., cart.

191. Alhoy (Maurice) et Huart (Louis). Les Cent et un Robert-Macaire, composés et dessinés par M. H. Daumier, sur les idées et les légendes de M. Charles Philippon. *Paris*, 1843, 2 vol. in-4, dem.-v. fauve, n. rog.

192. Caricatures. Trente-deux planches in-4, par Daumier, Desperit, Granville, Honoré, Monnier, Philippon, Raffet, etc.

6. — SALONS, JOURNAUX ILLUSTRÉS

193. Gazette des Beaux-Arts. *Paris*, années 1859 à 1875, 40 vol. gr. in-8, eaux-fortes, brochés ou en livraisons.

194. L'Art. Revue hebdomadaire illustrée. *Paris*, *Heymann*, 1875, in-fol., nombr. gravures en livraisons.

195. Le Salon. *Paris*, *s. d.*, in-fol., dem.-ch. bl.

Recueil d'environ 45 planches gravées et lithographiées, d'après les tableaux de Troyon, Diaz, Rosa Bonheur, Decamps, Boulanger, Delacroix et autres.

196. Salon de 1872. — Salon de 1873. *Paris, Goupil*, 2 vol. in-fol., dem.-maroq. rouge.

Magnifiques albums renfermant 178 photographies des œuvres les plus remarquables du Salon français.

197. Le Nain Jaune ou Journal des Arts, des Sciences et de la Littérature. *Paris*, 1815, 2 vol. in-8, et 1 vol. in-8 de planches (8), dem.-rel.

Cette revue critique et satirique est devenue très-rare.

198. Le Musée pour rire, dessins par tous les caricaturistes de Paris, texte par MM. Maurice Alhoy, Louis Huart et Ch. Philippon. *Paris*, 1839, 2 tomes en 1 vol. in-4, dem.-maroq. viol.

199. Journal pour rire. *Paris*, 1848, 1849, 2 vol, in-4 oblong, illustrés, dem.-rel.

200. La Revue comique, à l'usage des gens sérieux, texte par Lireux, Caraguel, P. Vertot, E. de La Bédollière, Gérard de Nerval, etc., dessins par Bertall, Nadar et autres artistes. *Paris*, 1848-49, 37 livr. en 1 vol. gr. in-8, pap. vél., figures, dem.-maroq. v. av. coins, tr. supér. dor., dos orn., n. rog.

201. La Vie parisienne, dirigée par Marcellin. *Paris*, 1863-1868, 6 vol. gr. in-4, dem.-maroq. rou., n. rog. (*Années* 1866-67, *br.*)

202. Le Magasin pittoresque, publié par Ed. Charton, années 1833 à 1872. 20 vol. in-4, fig., dem.-chagr. rou., dos orné.

7. — ENTRÉES, TOURNOIS

203. Tournois de Nuremberg. 52 dessins coloriés du commencement du seizième siècle, en un vol. in-fol., maroq. Lavall., à compartiments, tr. dor. (*Petit.*)

Belle suite parfaitement exécutée.

204. Ruxner. Anfang, Ursprund und Herkonnen des Thurniers in teutscher Nation, durch N. Rüxner. *Siemern*, *Hier. Rodier*, 1532, in-fol. gothique, grand nombre de belles gravures sur bois, maroq. rou., aux armes, fil., tr. dor. (*Hardy.*)

Livre de tournois, rare. (Quelques feuillets ont été restaurés.)

205. Ruxner. Thurnierbuch, das ist warhaffte Beschreibung der Thurnier im Heyligen römischen Reich Teutscher Nation. (Livre des tournois, par Ruexner.) — Beschreibung aller Ritterspiel so Maximilian, Kœnig zu Boehem, zu Wien hat lassen halten. — Desz Keyser Carols V Ankunft gen Bintz 22 Aug. 1549. *Franckfurt*, *S. Feyrabend.*, 1578-79, 3 part. en un vol. in-fol., nombr. fig., maroq. Lavall., aux armes, fil., tr. dor. (*Monneret.*)

Quatrième édition, augmentée; les figures ont été gravées d'après les dessins de Josse Amman.

206. Frider. Griso. Küns telicher Berischt wie die Streitbarn Pferdt zum Ernst und Ritterhcher Kurtzweil geschickt zu machen. *Augspurg*, *M. Manger*, *in verlegung G. Willers*, 1573, in-fol., nombr. figures sur bois, cart.

Cette édition a été traduite et publiée par Joh. Fayser. Elle contient entre autres 20 grandes planches gravées sur bois représentant des tournois et des combats de chevaliers. Ces figures sont attribuées à Amman.

207. EHINGEN (Georg). Itinerarium, das ist Raise nach der Ritterschaft. (Voyage de chevalerie dans dix royaumes, et Description d'un combat près de la ville de Sept, en Afrique.) *Augsburg, Custodis*, 1600, in-fol., 10 portr., v.

Ce voyage, entrepris pour chercher des aventures chevaleresques, a été fait de 1455 à 1457. L'auteur fut admis aux cours de Ladislas de Hongrie, Charles VII de France, Henri IV de Castille, Henri VI d'Angleterre, Alphonse V de Portugal, Philippe de Chypre, Jean de Navarre, Jacques II d'Ecosse et de l'empereur Frédéric IV, dont les portraits se trouvent dans le volume, gravés par D. Custodis, d'après les dessins originaux.

Bel exemplaire.

208. BLYDE INKOMST. (Entrée de Marie de Médicis à Amsterdam.) *Amst., Blaeu*, 1639. — VERHAEL in forme van journael, etc. (Relation du voyage de Charles II, roi de la grande-Bretagne, en Hollande.) *La Haye, A. Vlack*, 1660. — INHULDIGING. (Inauguration de Guill.-Charles-Henri Friso, prince d'Orange et de Nassau, comme seigneur de Vlissingue.) *Amst.*, 1753. — Ens. 3 ouvr. en un vol. in-fol., dem.-rel.

Ces trois ouvrages sont ornés de belles et nombreuses planches.

8. — LIVRES A FIGURES DES XVe, XVIe ET XVIIe SIÈCLES

(Classés par dates.)

209. CRONECKEN DER SASSEN. A la fin : *Dusse Kronecke hefft geprent Peter Schoffer an gernsheim in der eddelen stat Menoz, die eyn anefanck is der prenterey*, 1492, in-fol. gothique, grav. sur bois, v. br. gaufré, coins en cuivre (*Racc. dans les marges et notes manuscrites.*)

Ouvrage fort rare, dans sa première reliure. Il est orné de nombreuses gravures (qui se répètent en partie), d'une exécution remarquable. — Incomplet des ff. d. 2 et de i 2 et 7.

210. CHRONICA. Registrum hujus operis libri cronicarum cum figuris et imaginibus ab inicio mundi. Auctore Hartmanno Schedel. *Anthonius Koberger Nuremberge impressit*, 1493, gr. in-fol. gothique, figures sur bois, parch.

Exemplaire complet avec les feuillets blancs et le *Tractatus de Sarmatia*. Il est grand de marges, mais il a quelques légères mouillures et quelques petites taches sans gravité.

Ce livre, connu sous le nom de *Chronique de Nuremberg*, est recherché à cause des gravures sur bois, au nombre de plus de 2,000, dont il est orné.

211. Cronica, die, van der hilliger Stat Coellen (plus un second titre double : Die Cronica van der hilliger Stat vä Coellë). A la fin : *Ind hait gedruckt mit groissem ernst ind vlijss Johan Koelhoff Burger in Coellen* (1499), in-fol. gothique, fig. sur bois, coloriées à l'époque, maroq. rouge, fil., tr. dor. (*Boyet.*)

Très-rare. Exemplaire bien conservé, aux armes et au chiffre du prince Eugène de Savoie. Quelques légères mouillures. Brunet semble avoir ignoré l'existence des deux titres différents que nous indiquons.

212. L'Opera de messir Giovanni Boccacio de mulieribus claris. *Venetia, de Trino*, 1506, pet. in-4, nombr. grav. sur bois, cart.

Traduction italienne assez rare. Elle contient le chapitre : de Giovanna Anglica Papissa.

213. Borgo (Lucas Patiolusa). Divina proportione, opere a tutti gl' ingegni perspicaci e curiosi necessaria, one ciascun studioso di Philosophia, Prospectiva, Pictura, Sculptura, Architectura, Musica : e altre Mathematice : suavissima, sottile, e admirable doctrina conseguira. *Venetiis, per Paganinum de Paganinis*, 1509, 4 part. en un vol. in-fol. carré, semi-gothique, figures sur bois, parch. (*Quelq. mouill. aux premières pages.*)

Bel exemplaire, rempli de témoins, de ce volume fort rare, dont les figures ont été gravées d'après les dessins de Léonard de Vinci.

214. Le premier volume de la Mer des histoires. Auquel et le second en suyvant est contenu tant du vieil Testament que du nouveau toutes les hystoires, actes et faictz dignes de memoire, puis la création du monde jusques en l'an mil cinq cens. *On les vend à Paris, par Oudin Petit, s. d.*, 2 parties gothiques. — Tiers Livre de la Fleur et Mer des histoires, per Jehan le Gendre, Aurelianoys, commençant l'an 1535 et continuant jusques en l'année 1551. *Paris, Oudin Petit*, 1550, caractères ronds, 3 tomes en un vol. in-fol., nombr. gravures sur bois, v. br.

215. Album de plans et vues d'Espagne et de Portugal, tirés de la collection de Braun et Hoghenberg (1563 et suiv.). Gr. in-fol. obl., cart.

Lisbonne, Belem (Cascale), Sattenil, le Brixa, Santander, Bilbao, Leria, Alhama, Granada, Sevilla, Malaga, Cadix, Toledo, Valladolid, Xeres de la Fontera, Conil, Velio, Malaga, Vegel, Antequera, Saint-Sébastien, Burgos, Eicia, Barcelona.

216. Opera nova de Achille Marozzo, Bolognese, maestro generale de l'arte de l'Armi. *In Venezia, appresso gli*

heredi di Marchio Sessa, 1567, in-4, figures sur bois de la grandeur des pages, dem.-cuir de Russie.

Ouvrage curieux et recherché.

217. Las Transformaciones de Ovidio en lengua española, dirigidas a Estevan de Yvarra secretario y del Consejo del Rey. *En Anvers, en casa de Pedro Bellero*, 1595, in-8, nombr. fig. sur bois, dem.-maroq. bl., tr. sup. dor., n. rog.

Edition très-rare. Exemplaire relié sur brochure.

218. Théatre d'amour. *S. l. n. d.* (xviie s.), 28 figures en médaillon, gravées, avec texte français, au recto.—xiie Sybillæ ordine, inscriptione et forma elegantiori quam antchac umquam. *S. l. n. d.* (xviie s.), beau frontisp. de Jean Le Clerc, et 16 portraits en medaillon, gravés, avec texte, au recto, d'après Thomas de Leu. — Emblèmes d'amour. *S. l. n. d.* (xviie s.), front. et 44 fig., au recto. —Ensemble 3 ouv. en un vol. in-4, dem.-maroq. rou., tr. dor.

Rare. Les figures sont très-belles d'épreuves.

219. Commentari di C. Giulio Cesare, con le figure di Andrea Palladio. Le quali rappresentano à gl'occhi di chi legge, accampametni, ordinanzi, et incodtri di essercitti, etc. *Venetia, Nic. Misserini*, 1619, in-4, mar. rouge, fil., tr. dor.

Belle reliure ancienne. Ouvrage orné de nombreuses figures gravées en taille-douce.

220. Profetie dell'abbate Givacchino et di Anselmo, vescovo di Marsico, con l'imagini in dessegno. Con duc ruote, et oraculo turchesco, figurato sopra simil materia. *Padova*, 1625, in-4, vél.

Ouvrage rare, orné de 32 curieuses et grandes figures sur bois et de nombreuses vignettes.

221. Mérian. Archontologia cosmica, sive imperiorum, regnorum, principatum, rerumque publicorum omnium, per totum orbem terrarum commentarii luculentissimi. Opera et studio J. Lud. Gotofredi. *Francofurti, sumptibus Matthœi Mariani*, 1649, 2 vol. in-fol., peau de truie gauf. (*Aux armes.*)

Bel exemplaire de cet ouvrage rare, qu'on trouve difficilement en bon état.

Il est orné de plusieurs centaines de grandes planches, vues et plans des principales villes de l'univers.

222. La Pucelle, ou la France délivrée, poëme héroïque, par Chapelain. *Paris, Aug. Courbé*, 1656, gr. in-fol., frontisp. et figures d'Abraham Bosse, v. br.

Première édition. Exemplaire aux armes du marquis de Pinto. Les portraits de Chapelain et du duc de Longueville s'y trouvent.

223. **Métamorphoses d'Ovide, en rondeaux, par Benserade.** *Paris*, 1676, gr. in-4, fig., vél.

Edition recherchée pour les gravures de Le Clerc, F. Chauveau et J. Le Pautre, dont elle est ornée.

224. **La Fontaine. Contes et nouvelles en vers.** *Amsterdam*, 1699, 2 vol. in-12, figures à mi-pages de Romain de Hooghe, v. gr.

Les figures sont très-bonnes d'épreuves.

9. — LIVRES A FIGURES DU XVIIIe SIÈCLE

(Classés par dates.)

225. Histoire du vieux et du nouveau Testament (par Dav. Martin), enrichie de plus de 400 figures en taille-douce, etc. *A Anvers* (*Amst.*), *chez Pierre Mortier*, 1700, 2 vol. gr. in-folio, fort beau frontispice, nombreuses fig. à mi-page, têtes de chapitre, lettres ornées, dos et coins maroq. rou., dos orné, tr. dor.

Magnifique exemplaire de cet ouvrage, connu sous le nom de *Bible de Mortier*.

226. Les Cent Nouvelles nouvelles, avec d'excellentes figures en taille-douce gravées sur les dessins du fameux Romain de Hooge. *Cologne, P. Gaillard*, 1701, 2 vol. petit in-8, front. grav. et fig., maroq. br., fil., tr. dor. (*Hardy*.)

Belles épreuves des figures tirées avec le texte.

227. L'Histoire du vieux et du nouveau Testament, représentée avec des figures et explications édifiantes, tirées des saints Pères, par de Royaumont. Dédiée à Mgr le Dauphin. Nouv. édit. *Paris*, 1712, in-folio, nombr. fig. et vign., v. br.

228. L'Iliade d'Homère, poëme, avec un discours sur Homère par de La Motte. *Paris*, 1714, in-12, figures de Rœttiers, Nattier et Edelinck, chagr. lie de vin, dent. intér., tr. dor.

229. Œuvres de messire Boileau Despréaux, avec des éclaircissemens historiques donnez par lui-même. *Genève, chez Fabri et Barrillot*, 1716, 2 tom. en un vol. in-4, portr., figures et vign., v. m. (*Armoiries*.)

Edition donnée par Brossette, avec ses commentaires. La satire XII sur l'Equivoque parut ici pour la première fois.

230. Fables, par de La Motte. *Paris, Dupuys*, 1719, in-4, frontisp. et nombr. fig. à mi-page de Coypel, v. m. (*Armoiries.*)

Exemplaire beau d'épreuves.

231. L'Existence de Dieu démontrée par les merveilles de la nature, en 3 parties, où l'on traite de la structure du corps de l'homme, des élémens, des astres et de leurs divers effets (par Nieuwentyt, trad. de la version anglaise, par Noguez.) *Paris, J. Vincent*, 1725, in-4, fig., v. m.

Aux armes de la marquise DE POMPADOUR.

232. Naaukeurige bes chryving der intwendige Godtsdienst-Plitchten, kerk-zeden en Gewoontensvan alle Volkerender Waereldt, Vit het Fransch in Nederduitsch overgezet door Abraham Moubach (Cérémonies religieuses, de B. Picart). *m'S Gravenhage*, 1727-38, 7 part. en 6 vol. in-fol., vél. cordé de Hollande.

Important ouvrage pour l'histoire des cérémonies religieuses des divers peuples. Il est orné de nombreuses planches, dont plusieurs doubles, dessinées et gravées par Bernart Picard. Les gravures sont belles d'épreuves.

233. Œuvres diverses de M. de Fontenelle, de l'Académie françoise. Nouvelle édition, augmentée et enrichie de figures gravées par Bernard Picart, le Romain. *La Haye, Gosse et Neaulme*, 1728, 3 vol. in-4, beau frontisp., avec portr. et nombr. fig., têtes de chap. et culs-de-lampe, v. f., fil., tr. rou. (*Lég. mouill. à 3 ff. du 1er vol.*)

Les gravures sont en bonnes épreuves.

234. LES MÉTAMORPHOSES D'OVIDE en latin, traduites en françois avec des remarques et des explications historiques, par l'abbé Banier. *Amsterdam*, 1732, 2 vol. in-fol., figures gravées par Bernard Picart, maroq. Laval., fil., dent. intér., tr. dor. (*Allô.*)

Bel exemplaire. Les figures sont très-bonnes d'épreuves ; mais le papier est un peu roux, comme dans tous les exemplaires.

235. LE TEMPLE DES MUSES, orné de LX tableaux, où sont représentées les antiquités fabuleuses, dessinées et gravées par Bern. Picart. *Amst., Chatelain*, 1733, gr. in-fol., figures, maroq. r., fil., tr. dor.

SPLENDIDE EXEMPLAIRE, en ancienne reliure, provenant de la vente Labédoyère.

236. LE TEMPLE DES MUSES, orné de LX tableaux, où sont représentées les antiquités fabuleuses, dessinées et gra-

vées par Bern. Picart. *Amst.*, *Châtelain*, 1733, gr. in-fol., figures, maroq. r., fil., tr. dor.

Bel exemplaire, en ancienne reliure.

237. MOLIÈRE. Œuvres. *Paris*, *Prault*, 1734, 6 vol. in-4, portr. par Coypel, 1 fleuron sur chaque titre, 32 figures par Boucher, et 198 vignettes et culs-de-lampe par Boucher, Blondel, etc., gravés par Joullain, v. f.

Première édition sous cette date.

237 *bis*. SUITE de gravures pour l'édition des Œuvres de Molière. (*Paris*, *Prault*, 1734, 6 vol. gr. in-4.)

Portrait de Molière, par Coypel, gravé par Lépicié, et 25 figures de Fr. Boucher gravées par Lau. Cars, belles d'épreuves. Voici les titres de ces gravures :

Le Misanthrope. — L'Avare. — L'Ecole des femmes. — Don Juan. — L'Impromptu de Versailles. — Amphitryon. — Prologue d'Amphitryon. — Les Fascheux. — L'Etourdi. — M. de Pourceaugnac. — La Comtesse Descarbagnas. — Le Malade imaginaire. — Les Fourberies de Scapin. — Les Plaisirs de l'isle Enchantée. — Le Sicilien. — La Princesse d'Elide. — Le Bourgeois gentilhomme. — L'Ecole des maris — Le Dépit amoureux. — La Critique de l'Ecole des femmes. — L'Amour médecin. — Les Amours magnifiques. — Don Garcia de Navarre. — Le Tartuffe. — Les Précieuses ridicules.

Magnifique suite in-folio, à toutes marges.

238. MOLIÈRE. Quatre jolis dessins et un portrait par Choquet et Baudet-Bauderval, pour le Tartufe, le Malade imaginaire, Sganarelle et le Médecin malgré lui. 5 pièces in-4 et in-12.

239. QUINTI HORATII Flacci opera. *Londini*, *æneis tabulis incidit Iohannes Pine*, MDCCXXXVII, 2 vol. in-8, frontisp., portr., entêtes, vign. et culs-de-lampe (256), maroq. vert, fil., tr. dor. (*Anc. rel.*)

Edition remarquable par son ornementation et dont le texte est entièrement gravé.

Exemplaire de PREMIER TIRAGE. (Voir t. II, p. 108 : POST.EST au lieu de POTEST.)

240. ŒUVRES de Rabelais, avec des remarques historiques et critiques de Le Duchat. *Amsterdam*, *Fr. Bernard*, 1741, 3 vol. in-4, figures de B. Picart, v. m.

241. Les Amours d'Ismène et d'Isménias, par de Beauchamp. *La Haye*, 1743, in-12, faux titre gr., 1 fleuron sur le titre, 1 frontisp. et 3 figures dans le genre d'Eisen, cart. toile, chagr. rou.

242. Acajou et Zirphile, conte, par Duclos. *A Minutie* (*Paris*), 1744, in-12, figures, v. gr.

Edition ornée des jolies figures, réduites, de l'édition in-4°.

243. Acajou et Zirphile, conte, par Duclos. *A Minutie* (*Paris*), 1744, in-4, fig. d'après Boucher, v.

On trouve à la fin de ce volume : *Réponse du public à l'auteur d'Acajou* (par Fréron).

244. Abrégé de la vie des plus fameux peintres, avec leurs portraits gravés en taille-douce, par Desallier d'Argenville. *Paris*, 1745, 3 vol. in-4, nombr. portr., v. m.

Exemplaire beau d'épreuves.

245. Les Amours pastorales de Daphnis et Chloé, trad. du grec de Longus par Amyot. *S. l.*, 1745, in-12, tiré in-4, pap. de Hollande, frontisp. de Coypel et fig. d'Audran, v. ant., fil., tr. dor.

246. Les Amours pastorales de Daphnis et de Chloé, par Longus, trad. du grec par Amyot. *Paris*, 1757, pet. in-4, maroq. rou., fil., tr. dor. (*Anc. rel.*)

Edition dite du Régent, avec les figures d'Audran, frontispice de Coypel, vignettes et culs-de-lampe gravés par D. Focke, sur les dessins de Cochin et d'Eisen.

247. Les Pastorales de Longus, ou Daphnis et Chloé. Traduction de Jacques Amyot, revue par Paul-Louis Courier. Introduction par Henry Houssaye. Figures de Prudhon et vignettes d'Eisen. *Paris*, *Maury*, *s. d.*, in-4, pap. teinté, br.

Tiré à 500 exemplaires. Un des 20 exemplaires sur papier teinté.

248. Les Amours pastorales de Daphnis et Chloé, par Longus, trad. par Pierre B. (Blanchard). *Paris*, *Maradan et Desenne*, an VI, in-18, gr. pap. vélin (*Mouill.*), fig., maroq. rou., fil., dent., tr. dor. (*Bozérian.*)

Les quatre jolies figures de Monsiau, gravées par Pauquet et Dupréel, sont avant la lettre.

249. L'Eloge de la folie, par Erasme, trad. du latin par Gueudeville. *S. l.*, 1751, in-8, 1 front. et 1 fleuron sur le titre, 13 estampes, 1 vignette et 1 cul-de-lampe par Eisen, v. m.

Exemplaire en grand papier. — Rare.

250. Éloge de la folie, par Érasme, trad. du latin par M. de La Veaux, avec les figures de Jean Holbein, gravées d'après les dessins originaux. *Bâle*, 1780, in-8, pap. de Holl., fig. sur bois, v. m.

251. LE DÉCAMÉRON de Boccace (trad. par Ant. le Maçon). *Londres* (*Paris*), 1757, 5 vol. in-8, figures, vignettes et culs-de-lampe de Gravelot, maroq. rou., fil., tr. dor. *Figures ajoutées*. (*Le tome 5 est d'une reliure plus moderne.*)

252. Œuvres de Vadé, avec les airs, rondes et vaudevilles notés. *Paris*, 1758, 4 vol. in-8, vign. d'Eisen, v. m.

253. Iconologie (françoise et italienne) tirée de divers auteurs. Ouvrage utile aux gens de lettres, aux poëtes, aux artistes et généralement à tous les amateurs de beaux-arts, par J.-B. Boudard. *La Haye*, 1759, 3 tom. en un vol. in-4, front. gr., nombr. fig., cart., *non rogné.*

254. Julie, ou la Nouvelle Héloïse. Lettres de deux amans, habitans d'une petite ville au pied des Alpes, par J.-J. Rousseau. *Amsterdam, Marc-Michel Rey*, 1761, 6 vol. in-12, fig. de Gravelot, br., n. rog.

Edition originale. On a joint à cet exemplaire : 1° une lettre autographe de J.-J. Rousseau (à son imprimeur): « Je ne connais qu'une seule édition de la Nouvelle Héloïse qui *soit supportable : c'est la première;* » 2° un portrait de J.-J. Rousseau, gr. par Ficquet.

255. Les Traits de l'histoire universelle sacrée et profane, d'après les plus grands peintres, par Le Maire, graveur. *Paris, Le Maire*, 1761, 4 vol. pet. in-8, v. m.

Ouvrage entièrement gravé et orné de 390 vignettes à mi-page.

256. CONTES ET NOUVELLES en vers, par M. de La Fontaine. *Amsterdam (Paris, Barbou)*, 1762, 2 vol. in-8, portraits de La Fontaine par Eisen et Choffard, figures (80) d'Eisen gravées par Aliamet, Baquoy, Choffard, Delafosse, Flipart, Lemire, Leveau, Longueil et L'Ouvrier, 4 vign. et 53 culs-de-lampe par Choffard, maroq. rou., fil., dent. int., dos orné, tr. dor. (*Derome.*)

Bel exemplaire de l'édition dite des Fermiers généraux. C'est, dit Cohen, l'ouvrage illustré du XVIIIe siècle « dont l'ensemble est le plus beau et le plus agréable ».
Plusieurs figures sont *découvertes.*

257. Contes et Nouvelles en vers, par M. de La Fontaine. *Amsterdam*, 1762, 2 vol. in-8, maroq. bl., fil. à compart., doublé de tabis, tr. dor. (*Thouvenin.*)

Bel exemplaire de cette édition, dite des Fermiers généraux, qui est, comme le précédent, orné de nombreuses figures et vignettes en excellentes épreuves.
Cet exemplaire renferme deux figures rares ajoutées, l'une t. I, p. 50 (*la Servante justifiée*), l'autre t. II, p. 230 (*le Tableau*). Les figures *le Diable de Papefiguière* et *la Jument* (t. II, p. 149 et 199) sont retournées.

257 *bis.* La Fontaine. Suite de 81 planches in-8 pour les Contes. (*Figures retournées.*)

Contrefaçon des Fermiers généraux.

258. Contes et Nouvelles en vers, par La Fontaine. *Amsterdam*, 1776, 2 part. en 1 vol. in-12, frontisp. et nombr. figures à mi-page, v. éc., fil., tr. dor. (*Quelques raccommod.*)

259. CONTES ET NOUVELLES en vers, par Jean de La Fontaine (avec notice par Diderot). *Paris, P. Didot l'aîné*, 1795, 2 vol. gr. in-4, pap. vélin, 2 vign. aux titres, par Choffard, 20 figures *avant la lettre* (par Fragonard, Mallet et Touzé, gravées par Aliamet, Dambrun, Delignon, Dupréel, Halbou, Lingée, Patas, Tilliard et Trière), dem.-v. n., non rogné.

La plupart des figures qui ornent ce livre sont fort curieuses, très-fines de taille, belles d'épreuves et avant les numéros.

260. Théatre de Favart, ou Recueil de comédies, parodies, opéras-comiques qu'il a donnés jusqu'à ce jour, avec les airs, rondes, vaudevilles notés dans chaque pièce. *Paris, Duchêne*, 1763-1772, 10 vol. in-8, portrait de Favart par Liotard, gr. par Littret, portr. de Mme Favart par Cochin, gr. par Flipart, 8 fleurons sur les titres par Eisen (au tome 8) et Cochin, gr. par Aliamet, Chedel, Fessard, Lemire, Longueil et Sornique, et 7 beaux frontispices par Boucher, Cochin, Eisen et Gravelot, gravés par Aliamet, Chedel, Cochin, Lebas, Lemire et Simonet, v. m., fil.

Exemplaire du célèbre acteur Grassot, avec son *ex-libris* au 1er volume.

261. Théâtre de P. Corneille, avec des commentaires (par Voltaire). *S. l.* (*Genève*), 1764, 12 vol. in-8, frontisp. de Watelet et 34 figures par Gravelot, v. jaspé, fil., tr. dor.

Bel exemplaire.

261 *bis*. Lettre d'Alcibiade à Glicère, bouquetière d'Athènes, suivie d'une lettre de Vénus à Pâris et d'une épître à la maîtresse que j'aurai (par le marquis de Pezay). *Paris, Séb. Jorry*, 1764, in-8, 1 figure, 3 vignettes et 3 culs-de-lampe par Eisen, grav. par Aliamet et Longueil, cart. à la Bradel.

262. Œuvres du marquis de Pezay. *Genève*, 1764-67, 5 pièces en 1 vol. in-8, pap. de Holl., figures, vignettes et culs-de-lampe d'Eisen, maroq. rou., fil., tr. dor. (*Anc. rel.*)

Zélis au bain, poëme en 4 chants. Lettre d'Alcibiade à Glicère, bouquetière d'Athènes. Le Pot-pourri, épître à qui on voudra. Lettre d'Ovide à Julie. Bagatelles anonymes.

263. L'Hôpital des fous, par de La Flotte, trad. de l'anglais de Walsh. *Paris, Séb. Jorry*, 1764, in-8, 1 figure, 1 vign., 1 cul-de-lampe par Eisen, gr. par Lafosse, cart. percal. bl. à la Bradel.

264. Les Caractères de Théophraste et de La Bruyère, avec

des notes par M. Coste. Nouvelle édition. *Paris, Hochereau et Panckoucke*, 1765, in-4, portr. d'après de Saint-Jean, gravé par Cathelin, vign. par Gravelot, maroq. rou., fil., tr. dor. (*Anc. rel.*)

265. Lettre de lord Velfort à mylord Dirton, par Dorat. *Paris, chez L'Esclapart*, 1765, in-8, 2 figures, 1 vign. et 1 cul-de-lampe d'Eisen, gr. par de Longueil et Aliamet, cart. percal. bl.

266. Les Tourterelles de Zelmis (par Dorat). *S. l. n. d.* (*Paris*, 1766), front., fig. et vign. (2) d'Eisen, grav. par de Longueil — Lettre d'Alcibiade à Glicère, bouquetière d'Athènes, suivie d'une Lettre de Vénus à Pâris et d'une Epître à la maîtresse que j'aurai (par le marquis de Pezay). *Genève et Paris*, 1764, figure et vign. (5) d'Eisen grav. par Aliamet, Le Mire et de Longueil. — Les Baisers, ou Collection de petits poëmes érotiques (par Dorat). *La Haye et Paris*, 1770, frontisp. et vign. (2) d'Eisen, grav. par Ponce, de Longeuil et Binet. — En un vol. gr. in-8, v. gr., fil., tr. dor.

Bel exemplaire.

267. Lettres en vers, ou Epîtres héroïques et amoureuses (par Dorat). *Paris, Séb. Jorry*, 1766, in-8, gr. pap., 1 frontisp., 4 vign. et 4 culs-de-lampe par Eisen, grav. par Aliamet, Longueil et Massard, cart. percal. bl. à la Bradel, n. rog.

268. Lettre d'Ovide à Julie (par Dorat). *S. l.*, 1767, in-8, 1 fig., 1 vign. et 1 cul-de-lampe d'Eisen, gr. par Née. — Bagatelles anonymes (par le même). *Genève*, 1766, 2 part. en un vol. in-8, 2 vignettes et 2 culs-de-lampe d'Eisen, gr. par Née, cart. percal. à la Bradel.

269. LES MÉTAMORPHOSES D'OVIDE, gravées sur les desseins (*sic*) des meilleurs peintres français par les soins des sieurs Le Mire et Basan, graveurs. *Paris, chez Basan et Le Mire* (1767), in-4, maroq. rou., fil., tr. dor. (*Anc. rel.*)

Exemplaire beau d'épreuves, contenant un joli titre, avec portrait en médaillon d'Ovide et les armes de la dédicace au duc de Chartres, gravé par Choffard ; 140 planches d'Eisen, Moreau, Gravelot, Boucher, Le Prince, Monnet, gravées par Le Mire, Basan, de Longueil, de Ghendt, Baquoy, Masquelier et autres célèbres graveurs du XVIIIe siècle ; vignette par Choffard.

270. Métamorphoses d'Ovide, traduction de l'abbé Banier. *Paris, Desray, impr. de Crapelet*, 1807, 2 vol. in-8, dem.-maroq. rou. avec coins, tr. sup. dor., n. rog.

Edition ornée des jolies figures d'Eisen, de Moreau, de Marillier, de Gravelot, etc.; bonnes épreuves.

271. Bélisaire, par Marmontel. *Paris, Merlin*, 1767, in-12, figures de Gravelot, v. jasp., fil., tr. dor.

272. L'Honnête Criminel, drame en cinq actes et en vers, par Fenouillot de Falbaire. *Amsterdam et Paris*, 1768, in-8, figures (5) de Gravelot, cart. à la Bradel.

273. Œuvres de Jean Racine, avec les commentaires par M. Luneau de Boisjermain. *Paris, Cellot*, 1768, 7 vol. in-8, 1 portrait par Santerre, gravé par Gaucher, et 12 figures par Gravelot, gravées par Duclos, Flipart, Le Mire, etc., v. jaspé, fil., tr. dor.

Exemplaire avant la lettre.

274. Recueil de contes et de poëmes (par Dorat). *La Haye et Paris, Delalain*, 1770, in-8, figures, vignettes, culs-de-lampe d'Eisen, grav. par de Longueil, de Ghendt et Massard, dem.-v. ant. (*Titre remonté.*)

275. Mes Fantaisies (par Dorat). 3e édition. *La Haye, et se trouve à Paris*, 1770, in-8, frontisp. et vign. d'Eisen, v. m.

Exemplaire en grand papier.

276. Lettres d'une chanoinesse de Lisbonne à Meilcour, officier français (par Dorat). *La Haye*, 1770, in-8, grand papier, br.

Ouvrage orné d'une très-jolie figure, d'une vignette et d'un cartouche d'Eisen.

277. Lettre d'une chanoinesse de Lisbonne à Meilcour (par Dorat). *La Haye et Paris*, 1771, in-8, 1 fig., 1 vign. et 1 cul-de-lampe d'Eisen, gravés par Massard. — Idylles de Saint-Cyr, ou l'Hommage du cœur. *Paris*, 1771, in-8, 1 frontisp. et 1 vign., par Marillier, gravés par de Ghendt, et 1 cul-de-lampe du même gravé par Duclos. — Ens. deux ouvr. en un vol. in-8, fig., v. m., fil.

Belles épreuves.

278. Comédies de Térence, traduction avec le texte latin à côté et des notes par l'abbé Le Monnier. *Paris, Ant. Jombert*, 1771, 3 vol. in-8, frontisp. et jolies figures de Cochin, gravées par Fessard et Saint-Aubin, v. m.

Exemplaire beau d'épreuves.

279. Œuvres de Dorat. *Amst.*, 1772-75, 7 vol. in-8, fig. et vign. d'Eisen et de Marillier, v. porph., fil., tr. dor.

Les Sacrifices. — Les Malheurs. — Mes Fantaisies. — Lettres d'une chanoinesse. — Mes Nouveaux Torts.

280. Le Jugement de Pâris. Poëme en IV chants, par Imbert. *Amst.*, 1772, titr. gr. et fig. de Moreau. — Lettre de lord

Velford à milord Dirton. *Paris*, 1765, fig. et vign. d'Eisen. — Les Soupirs du cloître, par Guymond de La Touche. *Londres*, 1770. — En un vol. in-8, dem.-v. f., dos orné.

281. LE TEMPLE DE GNIDE, par Montesquieu. Nouv. édition, avec gravures par Lemire, d'après les dessins de Charles Eisen, le texte gravé par Drouet. *Paris, chez Le Mire, graveur*, 1772, gr. in-8, 1 titre gravé, 1 frontisp. portrait, 9 très-belles figures, et 1 fleuron représentant l'écusson d'Angleterre, v. jasp., fil., tr. dor.

Bel exemplaire.

282. Fables ou Allégories philosophiques (par Dorat). *La Haye, et Paris, Delalain*, 1772, in-8, frontisp., 2 vign., 1 fig., 1 cul-de-lampe, de Marillier, v. fil., tr. dor. (*Exempl. fatigué.*)

283. Le Joujou des demoiselles, avec de nouvelles gravures. *S. l. n. d.*, pet. in-4, titre et texte gravés, 1 frontisp. d'Eisen, grav. par Le Mire, 5 vign., vélin, n. r.

284. ŒUVRES DE MOLIÈRE, avec des remarques grammaticales et des observations sur chaque pièce, par Bret. *Paris, par la Compagnie des libraires associés*, 1773, 6 vol. in-8, portr. d'après Mignard, gr. par Cathelin, 6 fleurons sur les titres et 33 figures de Moreau, gr. par Baquoy, Delaunay, Duclos, de Ghendt, Lebas, Leveau, Legrand et Masquelier, v. éc., fil., tr. dor.

Bel exemplaire. Les figures de l'Avare et du Misanthrope sont belles d'épreuves. Les pages 67 et 81 du tome Ier sont en double.

285. CHOIX DE CHANSONS, mises en musique, par M. de La Borde, ornées d'estampes, par J.-M. Moreau, dédiées à Mme la Dauphine. *Paris, de Lormel*, 1773, 4 tomes en 2 vol. gr. in-8, fig. de Moreau, Le Barbier, etc., maroq. rou., fil., dent. intér., dos orn. (*Hardy et Mennil.*)

Superbe exemplaire, très-beau d'épreuves, mais auquel il manque les portraits.

286. FABLES NOUVELLES, par Dorat. *La Haye et Paris*, 1773, 2 tomes en 1 vol. in-8, pap. de Holl., frontisp. (2) grav. par de Ghendt, 2 figures par Marillier, grav. par de Launay, 1 fleuron, 99 vignettes et 99 culs-de-lampe par Marillier, maroq. rou. du Levant, fil., dorures à petits fers, dites à l'oiseau, genre Derome, dent. intér., tr. dor., dos orn. (*Chambolle-Duru.*)

Très-bel exemplaire.

287. EMILE, ou de l'Education, par J.-J. Rousseau, citoyen de Genève. *Londres* (*Bruxelles*), 1774, 2 vol. in-4, tit. r. et n., portrait par La Tour, fleurons sur les titres, par Moreau, gravés par lui-même, et 9 jolies figures de Moreau et Le Barbier, gravées par Simonnet, Lemire et Delaunay, maroq. lie de vin, à compartiments, fil., dent. int., dos orné, tr. dor. (*Petit.*)

Très-bel exemplaire de cet ouvrage, auquel on a ajouté un fort remarquable portrait, avant la lettre, de J.-J. Rousseau, et deux suites de gravures par Cochin, gravées par Ponce, Chauffard, Lemire, etc.

288. JULIE, ou la Nouvelle Héloïse. Lettres de deux amans, habitans d'une petite ville au pied des Alpes. Recueillies et publiées par J.-J. Rousseau. Nouvelle édition originale, revue et corrigée par l'éditeur. *Paris* (*Bruxelles*), 1774, 2 vol. in-4, tit. r. et n., frontisp., fleuron sur les titres et 14 figures de Moreau, gravées par Moreau, Duclos, Lemire et Delaunay, maroq. lie de vin, à compartiments, fil., dent. int., dos orné, tr. dor. (*Petit.*)

Très-bel exemplaire, auquel on a joint une suite de figures de Monsiau, gravées par Dupréel, Frière, Patas, etc.

289. LE JUGEMENT de Pâris, poëme en IV chants, suivi d'œuvres mêlées, par Imbert. Nouvelle édition. *Amst.*, 1774, gr. in-8, frontisp. gr., figures (4) d'après Moreau et vignettes (4) par Chauffard, br.

290. L'Art d'aimer, et poésies diverses (Phrosine, etc.) de M. Bernard. (*Paris*, 1775), in-8, frontisp. gr., et 7 fig. d'Eisen et de Martini, gravées par Baquoy, Gaucher, Patas et Ponce, v.

291. L'Art d'aimer de Gentil Bernard, et poésies diverses. *Paris, imp. de Didot jeune*, an III, gr. in-8, 7 figures d'Eisen et de Martini avant la lettre, v. rac., fil., tr. dor.

Exemplaire en papier vélin.

292. Idylles, par M. Berquin. *Paris*, *Ruault*, 1775, 2 vol. in-16 carré, 1 frontisp. et 24 figures de Marillier, maroq. rou., fil., doublé de tabis, bl., tr. dor. (*Derome.*)

Bel exemplaire.

293. Les Saisons, poëme, par Saint-Lambert. *Amsterdam*, 1775, in-8, figures, 1 fleuron sur le titre, 4 vignettes par Moreau et Choffard, v. éc., fil.

Exemplaire en papier de Hollande.

294. Sacre et Couronnement de Louis XVI, roi de France, à Rheims, le 11 juin 1775, précédé de recherches sur le sacre

des rois de France et suivi d'un journal historique de ce qui s'est passé à cette cérémonie; enrichi d'un très-grand nombre de figures gravées par le sieur Patas, avec leurs explications. *Paris, Vente*, 1775, in-4, fig., v. j., fil., tr. dor. (*Aux armes de France.*)

295. Nouvelles espagnoles, par Michel Cervantes, traduction nouvelle (par Lefebvre de Villebrune), avec des notes. *Madrid et Paris, Costard*, 1775-76, 12 part. en 2 vol. in-8, figures avant la lettre, gravées par Berthet, Bradel, Delaunay, Le Beau, Le Roy et Maillet, dem.-maroq. Laval. av. coins, tr. supér. dor., n. rog.

296. Romances, par M. Berquin. *Paris*, 1776, petit in-8, titre gr. et 3 fig. de Marillier, gravées par de Launay, de Ghendt, v. rac., fil., tr. dor.

A cet exemplaire se trouvent ajoutées 3 figures (1 avant la lettre, 2 de Marillier) et la musique des romances.

297. Les Incas, ou la Destruction de l'empire du Pérou, par Marmontel. *Paris*, 1777, 2 vol. in-8, fig. de Moreau, v. f., fil., tr. dor.

298. Lettres angloises, ou Histoire de miss Clarisse Harlowe, par Samuel Richardson. *Paris*, 1777, 7 vol. in-12, figures dans le genre d'Eisen, v. m.

Bel exemplaire.

299. RECUEIL DES MEILLEURS CONTES en vers, par La Fontaine, Voltaire, Vergier, Senecé, Perrault, Moncrif, le P. Ducerceau, Grécourt, Autereau, St-Lambert, Champfort, Piron, Dorat, La Monnoye et François de Neufchâteau. *Londres* (*Paris, Cazin*), 1778, 4 vol. in-16, 1 portrait de La Fontaine, et 113 jolies vignettes, par Duplessis-Bertaux, maroq. rou., fil., tr. dor.

Bel exemplaire, dans une reliure ancienne bien conservée.

300. ROMANS ET CONTES de M. de Voltaire. *A Bouillon, aux dépens de la Société typographique*, 1778, 3 vol. in-8, port. gr. par Ficquet, figures de Moreau le jeune, maroq. rou., fil., dent. intér., tr. dor., dos orn. (*Hardy.*)

On a ajouté à cet exemplaire la suite de Monnet, avant la lettre.

301. Œuvres complètes de Gesner. *S. l. n. d.* (*Paris, Cazin*, 1778), 3 vol. in-16, joli portr., titre gr., et figures de Marillier, v. éc., fil., tr. dor.

Exemplaire très-beau d'épreuves.

302. La Pucelle d'Orléans, poëme, par Voltaire. *Londres*,

Cazin, 1780, 2 vol. in-16, vignettes de Duplessis-Bertaux, dem.-maroq. or., av. coins, tr. supér. dor., n. rog. (*Titre et préface du 1er vol. raccomm.*)

303. La Pucelle, poëme de Voltaire, suivi des Contes et Satires. *Paris, de l'imprim. de la Société typographique*, 1789, in-4, gr. pap. vélin, figures de Moreau le jeune, dem.-rel. cuir de Russie, n. rog.

304. La Pucelle d'Orléans, poëme en vingt-un chants, par Voltaire. Edition ornée de figures gravées par les meilleurs artistes de Paris. *Paris, Didot le jeune*, an III, 2 vol. in-4, portr. et fig. (22) de Marillier, Monsiau, etc., gravées par Ponce, Le Mire, etc., dem.-rel.

305. La Pucelle d'Orléans, poëme en 21 chants, par Voltaire. *Paris*, an VII, 2 vol. gr. in-8, pap. vél., portr. et fig. de Monsiau, v. porph., fil.

306. Anacréon, Sapho, Bion et Moschus, trad. nouv. en prose, suivie de la Veillée des fêtes de Vénus, par M*** C** (Moutonnet-Clairfonds). *Paris, Bastien*, 1780, in-8, frontisp. gr., une planche pour Héro et Léandre, vign. et culs-de-lampe par Eisen, dem.-bas.

307. ICONOLOGIE en figures, ou Traité complet des allégories, emblèmes, etc., ouvrage utile aux artistes, aux amateurs, etc. *Paris, Le Pan, s. d.*, 4 vol. in-8, figures en taille-douce de Gravelot et de Cochin, vél.

Exemplaire en grand papier.

308. Les Quatre Parties du jour, poëme traduit de l'allemand de M. Zacharie (par Muller). *Paris*, 1781, gr. in-8, 5 figures, 4 vignettes et 4 culs-de-lampe par Eisen, gravés par Baquoy, maroq. vert, fil., dent. intér., tr. dor., dos orn. (*Allô.*)

309. Le Petit Neveu de Bocace, ou Contes nouveaux en vers, par Plancher de Valcourt. *Avignon*, 1781, in-8, titre, figure et vign. de Desrais, grav. par Patas, v. rac.

310. Les Plaisirs de l'amour, ou Recueil de contes, histoires et poëmes galans (par de La Place). *Chez Apollon, au Mont-Parnasse*, 1783, 3 part. en un vol. in-16, frontisp. et fig. (16), maroq. v., fil., dent. int., dos orné, tr. dor. (*Armoiries.*)

Bel exemplaire.

311. Lettres angloises, ou Histoire de miss Clarisse Harlowe, par Samuel Richardson. *Londres (Cazin)*, 1784, 11 vol. in-16, portr. par Duponchel et fig. (17), v. éc., fil., tr. dor.

Edition recherchée pour ses figures, qui sont attribuées à Marillier, et dont plusieurs sont fort jolies.

312. CLARISSE HARLOWE. Traduction nouvelle et seule complète, par Le Tourneur, faite sur l'édition originale revue par Richardson, ornée de figures du célèbre Chodowiecki, de Berlin. *Genève et Paris*, 1785-86, 10 vol. gr. in-8, maroq. vert, doublé de tabis, dent., tr. dor.

Bel exemplaire en PAPIER DE HOLLANDE. Les figures sont AVANT LA LETTRE. Rare en cette condition.

313. CRÉBILLON. Œuvres complètes. *Paris*, 1785, 3 vol. in-8, portrait et 9 figures de Marillier, maroq. rou., fil., dent. intér., tr. dor., dos orn. (*Allô.*)

On a ajouté à cet exemplaire : 1° dix portraits de l'auteur, gravés par Saint-Aubin, Ficquet, Peyron, Delignon et autres artistes, dont deux dessinés à la plume par Maldertuy ; 2° deux suites de figures de Moreau avant et avec la lettre ; 3° deux suites de Peyron, avant et avec la lettre, dont une sur chine ; 4° une suite de Monnet, sur chine, et une de Lacour, gravée à l'eau-forte.

314. Narcisse dans l'isle de Vénus, poëme en IV chants, par Malfilâtre. *Paris, s. d.*, in-8, titre gr. et fig. d'Eisen, cart. percal. rou., n. rog.

314 *bis*. La Folle Journée, ou le Mariage de Figaro, comédie en cinq actes, en prose, par de Beaumarchais. *Au Palais-Royal*, 1785, in-8, figures (5) de Saint-Quentin, v. m.

Édition originale, rare et recherchée.

315. ŒUVRES COMPLÈTES DE VOLTAIRE. *Kehl*, 1785-89, 70 vol. gr. in-8, figures de Moreau le jeune, v. éc., fil., tr. dor.

Exemplaire en grand papier vélin.

316. Les Métamorphoses, ou l'Ane d'or d'Apulée. *Paris, Bastien*, 1787, 2 vol. in-8, portr., figures (14), maroq. v., fil., tr. dor. (*Anc. rel.*)

Bel exemplaire. Les gravures ont été faites par Michel Lasne, d'après celles exécutées par Crispin de Pas, pour l'édition de 1623.

317. Les Métamorphoses, ou l'Ane d'or d'Apulée. *Paris, Bastien*, 1787, 2 vol. in-8, portr., figures (14), dem.-rel.

318. Les Bijoux des neuf Sœurs, avec de jolies gravures. *Paris, Defer de Maisonneuve*, 1790, 2 vol. in-12, beau frontisp. et fig. de Le Barbier, grav. par Gaucher, dos et coins maroq. rou. du Levant, tr. sup. dor., n. rog.

Bel exemplaire, malgré de légers raccommodages. La figure de la page 185 du tome 1 est double.

319. Les Aventures de Télémaque, fils d'Ulysse, par M. de Fénelon. *Paris, imprim. de Monsieur*, 1790, 2 vol. gr. in-8, pap. vélin, figures, maroq. vert, compart. à la du Seuil, fil., dent. intér., tr. dor., dos orn. (*Allô.*)

Très-bel exemplaire contenant le portrait de Fénelon d'après Vivien, et la suite des figures de Marillier, avant et avec la lettre, celles de Moreau le jeune et Cochin, et une autre suite non signée.

320. La Gerusalemme liberata di Torquato Tasso. *In Parigi*, 1792, 2 vol. in-8, frontisp., fig. et vign. de Gravelot, v. m., tr. j.

321. LA CONSTITUTION FRANÇAISE (publ. par Régnault Warin). *Strasbourg*, 1792, 2 part. en un vol. in-18, maroq. rou., fil., tr. dor. (*Anc. rel.*)

Exemplaire imprimé sur PEAU DE VÉLIN, avec les jolies figures de Moreau AVANT LA LETTRE.

322. Œuvres de d'Arnaud, contenant Zénothemis, Bazile, Lorezzo. *Paris, chez Laporte*, 1795, 11 vol. in-8, nombr. fig. et vign. d'Eisen et de Marillier, v. porph., fil., tr. dor.

323. LA FONTAINE. Les Amours de Psyché et de Cupidon, avec le poëme d'Adonis. *Paris, Didot*, an IV (1797), 2 vol. in-12, pap. vélin, jolies figures de Moreau le jeune, dem.-maroq. bl., avec coins.

324. Elégies de Tibulle, par Mirabeau. *Paris, s. d.* (1798), 3 vol. in-8, portr., et 14 figures de Borel, v. m. (*La date a été grattée sur les titres.*)

Bel exemplaire.

325. Le Poëte, ou Mémoires d'un homme de lettres, par Desforges. *Hambourg*, 1798, 4 vol. in-12, fig., maroq. rou. du Levant, fil., dent. intér., tr. dor. (*Belz-Niédrée.*)

326. Précis de l'histoire de la Révolution française, par Rabaut. *S. l. n. d.*, 2 vol. in-12, pap. vélin, figures de Moreau le jeune, avant la lettre, gr. par Coiny, v. fauve, fil., tr. dor. (*Les titres manquent.*)

327. Œuvres de Salomon Gessner. *Paris, Renouard*, 1799, 4 vol. in-8, fig. de Moreau, pap. vél., cart.

328. La Sainte Bible, contenant l'Ancien et le Nouveau Testament, traduite en françois sur la Vulgate, par Le Maistre de Saci. *Paris*, an VIII, 12 vol. in-8, fig., dem.-maroq. grenat, avec coins, tr. marbr., dos orn.

Jolie édition, ornée de 300 figures gravées par les plus habiles artistes, sous la direction de C. Ponce, d'après les dessins de Marillier et Monsiau. Exemplaire beau d'épreuves.

329. Goncourt (E. et J. de). L'Art au xviiie siècle, études sur Eisen, Moreau, Gravelot, Cochin, La Tour, Debucourt, Fragonard, Chardin, Greuze, Boucher, Prudhon, Watteau, les Saint-Aubin. *Paris*, 1859-70, ens. 11 livraisons in-4, jolies eaux-fortes.

10. — OUVRAGES ILLUSTRÉS DU XIXe SIECLE

(Classés par dates.)

330. Longi Pastoralia, græce (ex recens. D. Coray). *Parisiis, P. Didot*, 1802, gr. in-4, beau portr. de P. Didot l'aîné, gravé par Wedovood, 9 figures, dont 3 fort jolies de Prudhon, et 6 de Gérard, gravées par Godefroid, Massard et Roger, maroq. rouge à compart., doublé de maroq. vert, très-large dentelle à petits fers, dos orné, tr. dor.

Très-bel exemplaire de cette remarquable édition.

331. Les Souffrances du jeune Werther, par Gœthe. *Paris, Didot*, 1809, in-8, pap. vél., fig. (3) de Moreau, *avant la lettre*, dem.-v. v.

332. Les Souffrances du jeune Werther, par Gœthe, traduites par le comte de La B... (Labédoyère). *Paris, impr. de Crapelet*, 184?, gr. in-8, pap. vergé de Holl., fig., maroq. bl., fil., dent. intér., tr. dor., dos orné. (*Allô.*)

Exemplaire contenant quatre suites de figures de Moreau le jeune et Tony Johannot, avant et avec la lettre, sur chine et papier de Hollande.

333. Lettres à Emilie sur la mythologie, par C.-A. Demoustier. *Paris, Renouard*, 1809, 6 part. en 3 vol. in-8, fig., maroq. rou. du Levant, fil., dent. intér., tr. dor., dos orn. (*Allô.*)

Bel exemplaire, contenant quatre suites de figures, dont deux de Moreau le jeune, avant et avec la lettre, celle de Monnet, et une autre de Desenne en deux et trois états d'épreuves.

334. Œuvres choisies de Le Sage. *Paris*, 1810, 15 vol. in-8, portr., figures de Marillier, cart. à la Bradel, n. rog.

335. Œuvres diverses de Gresset. *Paris, Renouard*, 1811, 2 vol. in-8, portr., fig., dem.-maroq. vert, avec coins, fil., tr. sup. dor. dos orn., n. rog. (*Allô.*)

Bel exemplaire contenant six portraits et quatre suites de figures, deux d'après Moreau le jeune gravées par Simonet, dont une tirée sur chine, et celles de Laville et Massard gravées par Devéria.

336. Œuvres de Rabelais. Edition *variorum*, augmentée de pièces inédites, des Songes drolatiques de Pantagruel et d'un nouveau Commentaire par Esmangart et Eloi Johanneau. *Paris, Dalibon*, 1823, 9 vol. in-8, fig. de Devéria sur chine, cart. à la Bradel.

337. Dante. L'Enfer, le Purgatoire, le Paradis, gr. par Reveil d'après les compositions de J. Flaxmann. *Paris, s. d.*, in-4 obl., planches au trait (109), dem.-maroq. rou.. avec coins, tr. sup. dor., n. rog.

338. Musée-Album de l'histoire universelle. Galerie de cent tableaux représentant les scènes les plus remarquables et les principaux personnages de l'histoire de tous les peuples, dessinés par Victor Adam. *Paris, s. d.*, gr. in-4, cart.

339. Œuvres de Bernardin de Saint-Pierre, mises en ordre par Aimé Martin. *Paris, Lefèvre*, 1833, 2 vol. gr. in-8, texte à deux col., figures sur chine avant la lettre, v. rose, dent., fil., ornem. à froid sur les plats, dos orn., tr. dor.

340. Œuvres complètes de Béranger. *Paris, Perrotin*, 1834, 4 vol. — Supplément, 1 vol. — Ens. 5 vol. in-8, portr., fig., fac-simile autogr., dem.-maroq. vert avec coins, tr. dor., dos orn. (*David.*)

Exemplaire contenant deux suites de figures de Granville, sur chine et papier vélin, celle de Tony Johannot, Charlet et Devéria, et une quatrième suite de Henri Monnier, coloriée (très-rare).

341. Musée de la Révolution. Histoire chronologique de la Révolution française. Collection de sujets dessinés par Raffet et gravés sur acier par Frilley. *Paris*, 1834, gr. in-8, dos et coins de mar. rou.

342. La Peau de chagrin. Etudes sociales, par Balzac. *Paris, Delloye*, 1838, gr. in-8, nombr. fig., pap. vél., dos et coins maroq. rou., tr. sup. dor.

Bel exemplaire.

343. Paul et Virginie, par Bernardin de Saint-Pierre. *Paris, Curmer*, 1838, gr. in-8 illustré, pap. vél., dem.-maroq. r. avec coins, fil., dos orné, tr. sup. dor., n. r.

Bel exemplaire.

344. La Correctionnelle, petites causes célèbres, études de mœurs populaires au XIXe siècle, accompagnées de cent dessins par Gavarni. *Paris*, 1840, in-4, cart.

345. Les Aventures du chevalier de Faublas, par Louvet de Couvray. Edition illustrée de 300 dessins par Baron et Nanteuil, précédée d'une notice par Philipon de La Madelaine. *Paris*, 1842, 2 vol. gr. in-8, maroq. v., dos orné, fil., dent., à compart., tr. sup. dor., n. rog. (*Petit.*)

Exemplaire auquel on a ajouté une suite de figures de Colin et autres.

346. L'Ane mort, par Jules Janin. Edition illustrée par Tony Johannot. *Paris, E. Bourdin*, 1842, gr. in-8, figures, dem.-maroq. rou., avec coins, tr. sup. dor., n. rog., dos orn. (*Brany.*)

347. La Ménagerie parisienne, par Gustave Doré. *Paris, s. d.*, in-4 oblong, nombr. fig., br.

348. Notre-Dame de Paris, par Victor Hugo. *Paris, Perrotin*, 1844, grand in-8, illustré, dem.-v. f., dos orné.

349. Arioste. Roland furieux, traduit en prose par Philipon de La Madelaine. Edition illustrée de 300 vignettes et de 25 planches tirées à part sur chine. *Paris*, 1844, 2 vol. gr. in-8, fig., dem.-chagr. rou.

On a ajouté à cet exemplaire la suite de Cochin.

350. Les Rues de Paris, par Louis Lurine. Paris ancien et moderne, origines, histoire. Illustré de 300 dessins, exécutés par les artistes les plus distingués. *Paris*, 1844, 2 vol. gr. in-8, figures, dem.-chagr. rou., av. coins, tr. supér. dor., n. rog.

351. Le Diable à Paris. Paris et les Parisiens, mœurs et coutumes, caractères et portraits des habitants de Paris, texte par G. Sand, Stahl, Léon Gozlan, Fréd. Soulié, Ch. Nodier, de Balzac, A. Karr, Gérard de Nerval, A. Houssaye, Théophile Gautier, Oct. Feuillet, Alfred de Musset et autres. Illustrations de Gavarni et Bertall. *Paris*, 1845, 2 vol. gr. in-8, dem.-chagr. n., tr. dor.

352. Les Couvents, par Louis Lurine et Alp. Brot. Illustrés par MM. Tony Johannot, Baron, Français et Célestin Nanteuil. *Paris*, 1846, gr. in-8, fig., dem.-chagr. v., tr. supér. dor., n. rog.

353. Contes, par Charles Nodier. *Paris*, 1846, gr. in-8, eaux-fortes (8) sur chine, grav. par Tony Johannot, dem.-chagr. rou.

354. Autrefois, ou le Bon Vieux Temps, types français du XVIIIe siècle, texte par Royer de Beauvoir, E. de Labédollière, Paul Lacroix, Privat d'Anglemont. Ed. Thierry, etc. *Paris, Challamel, s. d.*, gr. in-8, illustrations de Tony Johannot, Fragonard, Gavarni et autres, dem.-chagr. v., tr. supér. dor., n. rog.

355. LES ÉTRANGERS à Paris, par Jules Janin, Roger de Beauvoir et autres. Illustrations de Gavarni. *Paris, s. d.*, gr. in-8, cart. toile., tr. dor.

356. Chants et Chansons populaires de la France. *Paris, Garnier*, 1848, 3 tom. en 1 vol. gr. in-8, fig. et bordures grav. en taille-douce, dem.-maroq. rouge, tr. sup. dor., n. rog. (*Gruel.*)

Bel exemplaire.

357. JÉRÔME PATUROT à la recherche de la meilleure des républiques, par Louis Reybaud. Illustrations de Tony Johannot. *Paris, s. d.*, gr. in-8, br.

358. Assemblée nationale comique, par Auguste Lireux. *Paris*, 1870, gr. in-8, illustré par Cham, br.

Fort curieux ouvrage, devenu rare.

359. L'Été à Paris, par Jules Janin. *Paris, Curmer, s. d.*, gr. in-8, illustré, dem.-maroq. rou. du Lev., av. coins, tr. supér. dor., n. rog., dos orn.

360. Les Petits Bonheurs, par Jules Janin. Illustrations de Gavarni. *Paris, Morizot, s. d.*, gr. in-8, fig., dem.-maroq. vert, tr. supér. dor., n. rog.

361. LES ENVIRONS DE PARIS, par Ch. Nodier et Louis Lurine. Illustrés de 200 dessins par les artistes les plus distingués. *Paris, Bozard, s.d.*, gr. in-8, fig., dem.-maroq. bl., tr. supér. dor., n. rog., dos orn.

362. Muses et Fées. Histoire des femmes mythologiques, par Mery et le comte Félix, dessins de Staal. *Paris, s. d.*, gr. in-8, figures coloriées, dem.-chagr. bl., tr. supér. dor., n. rog., dos orn.

363. LES CONTES DRÔLATIQUES, par Balzac. 5e édition, illustrée de 425 dessins par Gustave Doré. *Paris*, 1855, in-8, br.

364. Contes et Nouvelles en vers, par La Fontaine, publiés par Mathieu Marais. *Paris, Delahays*, 1858, 2 vol. in-12,

portr. sur chine, dem.-maroq. citron, dos orné, av. coins, tr. supér. dor., n. rog. (*Cuzin.*)

Exemplaire en papier de Hollande, auquel on a ajouté une belle suite de figures coloriées.

365. Les Contes rémois, par M. le comte de C** (de Chevigné). *Paris*, *Michel Lévy*, 1858, petit in-8, portr., dessins de Meissonnier, dem.-mar. or., avec coins, n. rog. (*Rapzrlier.*)

Troisième édition de ces Contes, et premier tirage des gravures de Meissonnier.

366. Apulée. Les Amours de Psyché et de Cupidon, traduction nouvelle, ornée des figures de Raphaël, publ. par C.-P. Landon. *Paris*, 1861, in-4, pap. vél., br.

367. Contes et Nouvelles en vers, par Voltaire, Vergier, Senecé, Perrault, Moncrif et le P. Ducerceau. *Paris*, *Leclère*, 1862, 2 vol. in-12, jolies figures à mi-page, dem.-maroq. rou. du Levant, av. coins, tr. supér. dor., n. rog.

368. Les Amours de Psyché et de Cupidon, suivies d'Adonis, poëme, par de La Fontaine. *Paris*, *Leclère*, 1863, 2 vol. in-12, pap. vergé de Hollande, jolies figures de Desenne, dem.-maroq. v., av. coins, tr. supér. dor., n. rog.

On a ajouté à cet exemplaire une suite de figures de Moreau sur chine, avant la lettre.

369. Les Contes de Perrault, continués par Timothée Trimm (Léo Lespès). Illustrés par Henri de Montaut. *Paris*, 1864, in-folio, cart.

370. ŒUVRES COMPLÈTES D'ALFRED DE MUSSET, avec lettres inédites, variantes, notes, index, fac-simile, notice biographique, par son frère. Edition dédiée aux amis du poëte, ornée de 28 dessins de M. Bida et d'un portrait d'Alfred de Musset d'après l'original de M. Landelle, gravés sur acier sous la direction de M. Henriquel Dupont par les premiers artistes. *Paris*, *Charpentier*, 1866, 10 vol. gr. in-8, dem.- maroq. rou. du Levant, avec coins, dos ornés, tr. supér. dor., n. rog. (*Cuzin.*)

Très-bel exemplaire (n° 88) en papier de Hollande, avec figures sur chine avant la lettre, et relié sur brochure.

371. Le Fond du sac, ou recueil de contes en vers et en prose, de pièces fugitives. *Paris*, *Leclère*, 1866, in-12, maroq. bl., dent. intér., tr. dor.

Un des trente exemplaires tirés sur papier de Chine, auquel on a ajouté une double épreuve du frontispice et des vignettes.

372. Les Caractères de La Bruyère, avec dix-huit gravures à

l'eau-forte, par V. Foulquier. *Tours, Alfred Mame et fils*, 1867, gr. in-8 jésus, magnifique portrait de La Bruyère et eaux-fortes dans le texte, maroq. rou., fil., dent., dos orné, tr. dor.

Fort bel exemplaire de ce remarquable ouvrage.

373. Le Moyen de parvenir, œuvre contenant la raison de ce qui a esté, est et sera, avec démonstrations certaines selon la rencontre des effects de vertu, par Beroalde de Verville. Nouvelle édition, collationnée sur les textes anciens, avec notes, variantes, index, glossaire et notice bibliographique, par un bibliophile campagnard. *Paris, Léon Willem*, 1870, 2 tom. en un vol. in-8, maroq. rouge du Levant, dent. int., tr. dor. (*Belz-Niédrée.*)

Cet ouvrage, imprimé sur papier de Chine, à petit nombre, aux frais et pour le compte des souscripteurs, n'a pas été mis en vente. Il est orné de nombreuses vignettes.

374. Apulée. L'Ane d'or, ou la Métamorphose, traduction de Savalète, préface de J. Andrieux, avec nombreuses gravures dessinées par A. Racinet et P. Bénard. *Paris, Didot*, 1872, gr. in-8, dem.-maroq. brun, avec coins, tr. supér. dor., n. rog.

375. Œuvres de Rabelais. Texte collationné sur les éditions originales, avec une vie de l'auteur, des notes et un glossaire. Illustrations de Gustave Doré. *Paris, Garnier frères* (*Claye, imprimeur*), 1873, 2 volumes in-folio, fort pap. de Hollande, dos et coins maroq. rouge du Levant, fil., tr. sup. dor., n. rog.

Magnifique exemplaire de cet ouvrage, qui n'a été tiré qu'à deux cents exemplaires sur ce papier.

376. Histoire de saint Louis, Credo et Lettre à Louis X, par Jean, sire de Joinville. Texte original, avec une traduction par Natalis de Wailly. *Paris, Didot*, 1874, gr. in-8, fig. et fac-simile, dem.-maroq. v., av. coins, tr. supér. dor., n. rog.

377. Conquête de Constantinople, par Geoffroy de Villehardouin, avec la continuation de Henri de Valenciennes, texte original, avec une traduction par M. Natalis de Wailly. *Paris, Didot*, 1874, gr. in-8, fig. chromo, dem.-maroq. du Levant rou., av. coins, tr. supér. dor., ébarb.

377 *bis*. Le même ouvrage. *Paris*, 1872, gr. in-8, br.

378. Sainte Cécile et la Société romaine aux deux premiers siècles, par dom Guéranger. Ouvrage contenant deux

chromolithographies, six planches en taille-douce et deux cent cinquante gravures sur bois. *Paris*, 1874, in-4, rel. toile, ornem. dor. sur les plats.

379. Jésus-Christ, par Louis Veuillot, avec une étude sur l'art chrétien, par E. Cartier. Ouvrage contenant 180 gravures exécutées par Huyot père et fils, et 16 chromolithographies d'après les monuments de l'art depuis les catacombes jusqu'à nos jours. Deuxième édition. *Paris, Firmin Didot*, 1875, in-4, br., n. c.

380. Jeanne d'Arc, par H. Wallon. Edition illustrée d'après les monuments de l'art depuis le xve siècle jusqu'à nos jours. *Paris, Firmin Didot*, 1876, in-4, fig. en chromolithograhie et nombr. vign. dans le texte, br.

11. — RECUEILS DE PORTRAITS

381. Portraits anciens. Collection de 307 portraits d'hommes et de femmes, par Moncornet, Mariette, Thomas de Leu, Léonard Gaultier et autres.

Rois et reines de France, noblesse, clergé, peintres, etc.

382. Portraits des personnages français les plus illustres du xvie siècle, reproduits en fac-simile, sur les originaux dessinés aux crayons de couleur par divers artistes contemporains. Recueil publié avec notices par P.-G.-J. Niel. *Paris, Lenoir*, 1848, 2 parties en 1 vol. grand in-fol., dem.-maroq. rou., tr. sup. dor., n. rog.

383. Les Hommes illustres qui ont paru en France pendant ce siècle, avec leurs portraits au naturel, par Ch. Perrault. *Paris, Ant. Dezallier*, 1696-1700, 2 tomes en 1 vol. in-fol., front. et portraits gravés par Edelinck, Van Schuppen, Lubin et autres, maroq. rou., fil. à comp., dos orné, tr. dor. (*David.*)

Bel exemplaire en bonnes épreuves, avec les notices et les portraits FORT RARES d'Ant. Arnault, de Pascal, et ceux de Thomassin et de du Cange. (Voir Brunet.)

384. Figures et portraits pour la Révolution française. *Tafereelen van de Staatsomwenteling in Frankrijk. Amsterdam*, 1794, 2 vol. in-8, dem.-toile rou., n. rog.

385. Portraits des personnages célèbres de la Révolution, par François Bonneville. *Paris*, 1796, 4 vol. in-4, 204 fig., dem.-v.

386. Portraits (196) de tous les souverains de l'Europe et des hommes illustres modernes, accompagnés d'un texte biographique, dessinés d'après nature ou tableaux originaux et gravés par d'habiles artistes, par Mme Meyer, peintre. *Paris*, 1817, in-4, dem.-v. fauve. (*Thouvenin.*)

387. Portraits (100) des personnages les plus célèbres, gravés en taille-douce, par les plus habiles artistes, d'après les dessins et sous la direction de A. Desenne. *Paris, chez Ménard et Desenne*, 1824, gr. in-8, dem.-rel.

388. Panthéon des illustrations françaises au XIXe siècle, comprenant un portrait, une biographie et un autographe de chacun des hommes les plus marquants, pub. par V. Frond. *Paris, s. d.*, 2 vol. in-fol., rel. toile, chagr. rou., tr. dor.

389. Mémoires du comte de Grammont, par Hamilton. Edition ornée de 72 portraits. *Londres, Edwards, s. d.*, in-4, maroq., fil., tr. dor.

Ouvrage recherché. Les portraits sont très-beaux d'épreuves.

390. Les Femmes d'après les auteurs français, par E. Muller, avec quinze portraits de femmes célèbres, gravés au burin d'après les dessins de Staal. *Paris, s. d.*, gr. in-8, portr., dem.-chagr. bl., avec coins, tr. supér. dor., dos orné, n. rog.

391. La Femme jugée par les écrivains des deux sexes, par Lorédan Larcher et Bescherelle. *Paris*, 1855, gr. in-8, portr. (16), dem.-chagr. v., n. rog. (*Piq. d'humid.*)

Ouvrages de Rétif de La Bretonne.

392. La Famille vertueuse. *Paris*, 1767, 4 part. en 2 vol. in-12, v.

393. L'Innocence en danger, ou les Evénements extraordinaires. *Liége*, 1779, in-12, br.

394. Le Pied de Fanchette, ou le Soulier couleur de rose. *Imprimé à La Haye*, 1776, 2 part. en 1 vol. in-12, figures (2), maroq. rou., fil., tr. dor (*Anc. rel. fatiguée.*)

395. La Fille naturelle. *La Haye*, 1769, 2 part. en 1 vol. in-12, v.

396. Idées singulières. *Londres*, 1775-76, 8 vol. in-8, dem.-chagr. bl.

1° Le Pornographe.
2° Le Mimographe.
3° Les Gynographes.
4° L'Andrographe.
5° Le Thesmographe.
6° L'Éducographe. Le Nouvel Émile, ou l'Éducation pratique. *Genève*, 1770, 3 vol. in-8.

Ce dernier ouvrage est de la plus grande rareté, l'édition presque entière ayant été supprimée. On n'en connaît que trois exemplaires, dont celui-ci, qui est le plus complet, en ce qu'il contient un tome IV (48 pag.), intitulé : *l'Ecole des pères*, et le titre : *l'Educographe*, pour les 3 volumes, qui n'existe point dans les autres exemplaires. Il y en a un à la Bibliothèque de l'Arsenal.

397. Adèle de Comm. (Comminge), ou Lettres d'une fille à son père. *En France*, 1772, 5 vol. in-12, v.

398. La Femme dans les trois états de fille, d'épouse et de mère. *La Haye*, 1773, 3 vol. in-12, br.

399. Le Ménage parisien, ou Déliée et Sotentout. *La Haye*, 1773, 2 part. en 1 vol. in-12, v.

400. Le Paysan et la Paysanne pervertie. *La Haye*, 1784, 12 part. en 4 vol. in-12, figures de Binet, dem.-chagr. bl., n. rog.

401. Les Contemporaines. *Leipsick*, 1780-85, 42 vol. in-12, jolies figures de Binet, v. gr. et br.

402. Le Nouvel Abeilard, ou Lettres de deux amants qui ne se sont jamais vus. *Paris*, 1778, 4 vol. in-12, figures, bas.

403. La Vie de mon père. *Paris*, 1788, 2 vol. in-12, figures, dem.-chagr. bl., n. rog.

404. La Malédiction paternelle. *Paris*, 1780, 3 vol. in-12, figures, dem.-v. f., n. rog.

405. La Découverte australe, par un homme volant, ou le Dédale français. *Leipsick* (*Paris*), *s. d.* (1781), 4 tomes en 2 vol. in-12, figures, dem.-chagr. bl., n. rog.

406. La Dernière Aventure d'un homme de quarante-cinq ans, nouvelle utile à plus d'un lecteur. *Genève*, 1783, 2 vol. in-12, figures (2), dem.-rel.

407. La Prévention nationale. *Paris*, 1784, 2 vol. in-12, figures, dem.-chagr. bl., n. rog.

408. L'Instituteur d'un prince royal, tiré d'un ouvrage irlandais intitulé O. Ribeau et O. Ribelle, publié en français sous le titre des Veillées du Marais. *Paris*, 1792, 2 vol. in-12, dem.-bas. (*Une brûlure aux premiers feuillets du 1er vol.*)

409. Les Veillées du Marais. *Imprimé à Waterford*, 1785, 2 tomes en 4 parties in-12, demi-v. f., n. rog.

410. Les Françaises. *Neufchâtel*, 1786, 4 vol. in-12, figures, bas.

411. Les Parisiennes, ou XL caractères généraux. *Neufchâtel*, 1787, 4 tomes en 2 vol. in-12, figures, dem.-v., av. coins.

412. Les Nuits de Paris, ou le Spectateur nocturne. *Londres*, 1788-90, 16 part. en 8 vol. in-12, figures, dem.-chagr. bl., n. rog.

La figure de Charlotte Corday se trouve dans notre exemplaire, mais d'un tirage moderne.

413. La Femme infidèle. *Neufchâtel*, 1786, 4 part. en 2 vol. in-12, dem.-bas.

414. Ingénue Saxancourt, ou la Femme séparée. *Liége*, 1789, 3 vol. pet. in-12, dem.-v. f., n. rog.

415. Tableaux de la bonne compagnie. *Paris*, 1787, 2 tomes en 1 vol. in-12, figures de Moreau (17), dem.-v. f., n. rogn.

416. Tableaux de la vie, ou les Mœurs du xviiie siècle. *Nieuwed-sur-le-Rhin*, *s. d.*, 2 vol. in-18, figures (17) de Moreau, dem.-v. fauve, n. rogn.

417. Le Palais-Royal. *Londres*, 1792, 3 vol. in-12, 3 figures, dem.-chagr. bl., n. rog.

Ouvrage très-rare, surtout avec les trois figures.

418. L'Année des dames nationales, ou Histoire, jour par jour, d'une femme de France. *Genève et Paris*, 1791-1794, 12 vol. in-12, portr., fig., brochés.

419. Le Drame de la vie. *Paris*, 1793, 5 vol. in-12, dem.-chagr. bl., n. rog. (*Avec un portrait in-4 de Rétif de La Bretonne.*)

420. Monsieur Nicolas, ou le Cœur humain dévoilé. *Paris*, 1794-1797, 16 part. en 8 vol. in-12, dem.-chagr. bl., n. rog.

421. Philosophie de monsieur Nicolas. *Paris, impr. du Cercle social* (1796), 3 parties en 1 vol. in-12, demi-chagr. bl., n. rog.

422. Les Posthumes. *Paris*, 1802, 4 vol. in-12, fig., dem.-rel.

423. La Confidence nécessaire, ou Lettres de lord Austin de N** à lord Humfrey de Dorset, son ami. *Paris*, 1769, 2 part. en 1 vol. in-12, v. m.

424. Quevedo. Œuvres choisies, traduites de l'espagnol (par Rétif de La Bretonne). *La Haye*, an III, 3 part. en un vol. in-12, v.

---

425. Les Contemporaines mêlées. Vie de Restif, par Assézat. Les Contemporaines du commun. *Paris, Lemerre*, 1875, 2 vol. in-12, cart.

426. Rétif de La Bretonne, sa vie et ses amours, par Ch. Monselet. *Paris*, 1858, in-12, pap. vergé, portr., broché.

427. Restif de La Bretonne, par Firmin Boissin. *Paris, Daffis*, 1875, in-8, br.

Tiré à 150 exemplaires.

Paris. — Imp. Gauthier-Villars, 55, quai des Grands-Augustins.

ORDRE DES VACATIONS

1re Vacation : *Lundi* 18 *Décembre* 1876.

	Numéros.
Théologie, Sciences et Arts.	1—12
Littérature	13—22
Romantiques.	23—56
Polygraphes	57—65
Histoire de France.	66—87
Architecture française et étrangère.	88—97
Ornementation, Ameublement, Costumes.	98—118
Ouvrages de Rétif de La Bretonne	392—427

2e Vacation : *Mardi* 19 *Décembre*.

Galeries, Collections	119—128
Œuvres d'artistes.	129—154
Eaux-fortes, Gravures, Caricatures.	155—192
Recueils de portraits	381—391
Salons, Journaux illustrés.	193—202
Entrées, Tournois.	203—208
Livres à figures des xve, xvie et xviie siècles.	209—224
Ouvrages illustrés du xixe siècle.	330—358

3e Vacation : *Mercredi* 20 *Décembre*.

Livres à figures du xviiie siècle.	225—329
Ouvrages illustrés du xixe siècle.	359—380

www.ingramcontent.com/pod-product-compliance
Ingram Content Group UK Ltd.
Pitfield, Milton Keynes, MK11 3LW, UK
UKHW021819190726
13853UKWH00003B/1069